結合男子™

-Fragments from Dusk-

◆著者◆
麻日 珱
永川成基

◆イラスト◆
スオウ

イラスト：スオウ
装丁・本文デザイン：井尻幸恵

結合男子 -Fragments from Dusk-

Contents

断章―壱―

源朔の原罪

「はぁ、はぁ……」

源《みなもと》朔《さく》は、肩で息をしながら身体をひきずるように歩いていた。

自分の呼吸音が引き剝《は》がされるように消えていく。視界から色が失われ、見慣れた煉《れん》瓦《が》街《がい》の景色が遠ざかる。

夜の闇よりも昏《くら》い何かが周囲の空間に染みこみ、朔の視界も音も、何もかもを塗りつぶそうとしている。

背筋が凍り、息がうまく吸えない。

――これは、デッドマターだ。俺は今、デッドマターに侵食されている。

それは、世界を覆いつくさんとする暗黒の絶対虚無の名だ。

デッドマターに侵食された空間は、あらゆる元素の反応が止まり、時間さえ意味を持たなくなる。

ほんの数分前まで、朔は親族の集まりで煉瓦街の料亭にいた。

そこで年下の子供たちの子守を押しつけられ、不平を言っていたのだ。朔は十一歳だが、子供の世話をするより、大人たちの会話を聞く方が好きだった。

走り回る子供たちをしかりつけ、料理を公平に取りわけていると、周囲が暗くなり、耳をつんざく警報のサイレンが鳴り響いた。デッドマター出現の警報だ。

即座に避難すべきだっただろう。

だが、朔は子供たちの安全を優先した。逃げ遅れた子供がいないか、厠《かわや》や別室まで確認し終えると、周囲は闇に呑まれていた。

「こんなところで、死んで、たまるか……」

デッドマターから逃れようと一歩踏み出すだけでも、ありったけの力が必要だった。

闇の中で、何かが蠢《うごめ》く気配がした。

すぐ近くに何か恐ろしいものが潜んでいる。それが持つ圧倒的な力を朔は理屈ではなく、感覚で知った。それが力をふるえば、朔の存在など簡単に消し飛ぶだろう。

朔は兄の形見のペンダントを握り締めた。その確かな感触が、かろうじて朔を現実につなぎ止める。

「諦めるな。俺も源の人間だ」

自分に言い聞かせるように呟く。ここで諦めては、志半ばで果てた兄に顔向けできない。

必死に目を見開き、見えないものを見ようとする。呼吸に集中する。

闇の中から、『それ』が朔を見つめているという確信があった。

闇の奥に潜む気配と、どれだけ睨《にら》み合っていただろう。

いきなり、光が走って闇を切り裂いた。

どこからか大柄な男が現れ、刀を振るったのだ。闇に潜むものの気配が消えた。

呼吸が楽になっていく。

「大丈夫か、少年」

男は志献官《しけんかん》の制服を着ていた。

志献官は、唯一デッドマターに対抗できる存在だ。

元素と人魂《じんこん》を結びつける賦活《ふかつ》処置により、元素の力を宿した志献官は、死せる元素であるデッドマターの虚無に呑み込まれることなく活動でき、デッドマターを消し去ることができる。

光があたりを包んだ。デッドマターが消えていくのだ。

「形成体の光壊《こうかい》を確認」

刀を持った志献官がどこかに報告をする。同時に、元の風景が戻ってきた。

眩しいほどの光。そこは料亭の前の通りだった。

「生きてる……」

安堵するより、消えていた感覚が一斉に戻ってきた戸惑いの方が大きかった。

「侵食領域の中でここまで自己の存在を保てるとは……。因子を持っている可能性がある」

その言葉が、朔に向けられたものだと分かるまで少しかかった。

「どういう意味ですか」

大柄な志献官は朔の目を見つめて言った。

「君には、志献官になる力がある」


（なれる。僕も……俺も志献官に……！）

朔は家路を駆けていた。括《くく》られた長い銀灰色の髪が小さな背中で跳ねる。笑みに緩んだ頬は上気し、希望に満ちた目がキラキラと輝いていた。

興奮が抑えられなかった。現場の収拾に当たった舎密《せいみ》防衛本部の職員たちが呼んだ迎えを待つ時間すら惜しく、ひとりで駆け出すほどに。

空っ風がビュウビュウと耳の横を吹き抜けてもへっちゃらだった。デッドマターに遭遇したショックも、疲れもなかった。夕闇に沈んでいく街の静けささえ怖くなかった。

（なるんだ、志献官に！）

頭も心も喜びでいっぱいだった。走らずにはいられなかった。高鳴る鼓動に共鳴するように、胸元のペンダントが跳ねていた。

朔は飛び込むように源家の屋敷へと駆け込んだ。普段なら絶対にそろえる靴を適当に脱ぎ捨てる。

「ただいま帰りました」

「まあ、朔坊ちゃん。お帰りなさいませ」

ひょこりと顔をのぞかせた千代《ちよ》が目を丸くした。朔が生まれる前から源家に仕えている家政婦だ。確か、年は父よりも十は上だと聞いている。

「ただいま、千代さん。父上と母上は？　お報《しら》せしたいことがあるんだ」

「旦那様はまだお帰りになっていませんよ。奥様は寝室に」

「ありがとう」

「ですが……あ、坊ちゃん！」

引き止める千代の声は耳に入らなかった。逸《はや》る気持ちのまま、母の寝室まで廊下を駆け抜けた。

「母上！　ただいま帰りました、母上。聞いてください。僕――」

母の白い横顔に朔は言葉を詰まらせた。走ってきたからか、暖かい部屋は暑いくらいだ。冬だというのにじっとりと汗がにじむ。首筋に髪が張り付いて煩《わずら》わしい。

朔はひとつ深呼吸をして、静かに部屋に入った。寝台の上の母はずっと窓の方を向いている。とうに日は暮れて、暗い窓には走って帰り、髪の乱れた朔の姿が映っていた。

「……寒いでしょう。閉めますね」

部屋を横切り障子を閉める。朔はくるりと振り返った。

「今日の食事会は大変でした。デッドマターが現れたんです」

母は何の反応も示さず、ゆっくりと瞬きをするだけだ。寝台に近づきながら朔は続けた。

「逃げ遅れた人がいないか探していたら、デッドマターに襲われそうになってしまって……。危ないところで志献官が助けてくれました。そのとき彼が、僕には志献官になる力があると言ってくれたんです」

それが事実だという証《あかし》はどこにもない。子供に向けた世辞かもしれない。それでもよかった。希望が見えた。絶望したままより、ずっといい。

「母上」

朔は母の痩せ細った冷たい手を握った。

「僕は、志献官になります。兄さんの使命を果たすために」

そして、仇《かたき》を討つために——。

あの日鳴いていたヒグラシの声が、今も耳の奥で響いている。

四カ月前——真夏の夕方。湿気を含んだ重苦しい暑さの中に、朔は立ち尽くしていた。

「——碧壱《あおい》様のご帰宅です」

押し殺すような千代の言葉に、朔は一抱えほどの箱を見つめた。舎密防衛本部の職員と分かる制服を着た男が、朔に向かって箱を差し出し、じっと立っている。

開けたままの玄関の戸の向こうで鳴くヒグラシの声がひどくうるさかった。こめかみを伝う汗や、首筋にぺたりと張り付く髪が異様に煩わしくてたまらない。

「どうぞ」

聞き覚えのない低い声に朔は肩を揺らした。反射的に受け取った箱は、見た目以上に軽かった。

「源 碧壱純壱位《じゅんいちい》は仲間のため、最後まで立派にお役目をまっとうされました。お悔やみを申し上げます」

「……あ」

「嘘よ！」

ようやく千代の言葉の意味が胸に届く。震えた心を刺すように、母の悲鳴が響いた。母に突き飛ばされるように押しのけられた朔の手から、持っていた箱が落ちる。母は悲痛な声で職員に摑《つか》みかかった。

「嘘よ、嘘っ！　碧壱が死んだなんて！」

「奥様！　いけません、奥様！」

ぎゅっと喉が締まった。どうやって息を吸っていいのかも分からなかった。

足下を見下ろせば、落とした箱の中から碧壱のペンダントが転がり出ていた。オパールのペンダントだ。兄の誕生石をあしらったペンダントは、碧壱が志献官になったときに両親が贈った物だった。

突然の訃報《ふほう》が信じられずに両膝から力が抜けた。ペンダントに伸ばした震える指先が、冷たくなっていく。

「……っ」

細い鎖が不自然な場所で切れていた。戦いで切れたのだろうか。朔はペンダントを握り締め、膝立ちのまま母を見た。打ちひしがれ、千代に支えられてすすり泣いている。

自分がしっかりしなければ。

朔は自身を叱咤《しった》するように立ち上がった。

「どうして、兄は……？」

「源碧壱純壱位は、新宿再生戦で勇猛果敢に戦い、戦死されたと聞いております」

「そんな……」

大きな作戦に参加するとは聞いていた。でもまさか兄に限って……。

（嘘だ……）

どうしても受け入れられない。だって、兄はすごいのだ。

混《こん》の志献官を経《へ》ずに純参位《じゅんさんみ》の志献官に抜擢《ばってき》された兄は、あっという間に最高位である純壱位になった。

（兄さんが、死んだなんて――）

呆然としている間に、職員は姿を消していた。

その場から動けなかった。閉じた戸の向こうに兄がいるのではないかと埒《らち》の明かないことを思った。

数日前、ここで碧壱を見送った。兄が二度と帰ってこないなんて考えたこともなかったのに。

「嘘だ」

朔はぎゅっと目をつむった。

何もかも嘘で、夢で、目を開けたら今にも碧壱が戸を開けて元気な顔をのぞかせる——。

「奥様！　しっかりしてください、奥様‼」

千代の声に朔はハッと目を見開いた。意識を失った母がぐったりと倒れている。

嘘でも夢でもない。これが、現実だ。

「——っ」

「朔坊ちゃん！」

悲鳴のような千代の声を置き去りに、朔は衝動的《しょうどうてき》に踵《きびす》を返して自室へ走った。

「こんなもの……っ！」

机の上に広げてあった化学の本とノートを破り捨てる。本棚の本を全てぶちまけて手当たり次第に破っていった。

ずっと夢を見ていた。志献官の碧壱を補佐するために本部の職員になるのだと。

それだって、志献官になる夢を諦めて新しく追い始めた夢だった。けれど、兄が死んではもう何の意味もない。朔は碧壱のために舎密防衛本部で働きたかった。

(僕は、出来損ないだから――)

源家は水素の志献官を輩出してきた名門だ。朔も水素の因子を持っている。けれど、志献官になれるだけの力がなかった。因子だけあったって、適性がなければどんなに切望しようと志献官にはなれない。

どんなに願ったって、兄の仇を取って無念を晴らすこともできない。

「うっ……あ、ああああ」

破れた夢の中にくずおれる。

ただヒグラシの声だけが、いつまでも、いつまでも耳に残って離れなかった。


夏が終わり冬になっても、あの日の絶望が重石のようにずっと腹の奥底に重く沈んでいた。

それが、今日助けてくれた志献官のおかげで軽くなった。希望が生まれたのだ。

(まだ、本当になれるかどうかは分からないけど……)

それでも、希望がないよりずっといい。

ギッと、重たく床が軋む音がした。部屋の入り口を見れば、父が静かに立っている。

「おかえ――」

「今日の食事会は大変だったそうだな」

耳が早い。親族の誰かが連絡したのだろう。当主である父と心を壊してしまった母は集まりには参加しなかった。取り仕切ったのは親族の大人たちだ。

「……はい。でも、無事に皆を」

「そうか。ならばもう休みなさい。明日も学校だろう」

無機質で、いたわりの感情ひとつ感じられない声だった。父はもう朔を見ていない。その視線はただ母にだけ向けられている。母は父を見て淡く笑っていた。

「お帰りなさい」

「ああ、ただいま」

厳格な父の顔に笑みが浮かんだ。兄が死んでから朔には見せてくれなくなった笑顔だ。

父は水素の因子を持たない人だった。だから志献官になった兄を誰よりも誇りに思っていた。志献官になれなくても因子があるだけすごいと、朔を慰めてくれたこともある。

そんな父も兄が死んでから変わってしまった。兄の穴を埋められない朔に落胆《らくたん》したのだ。

けれど、志献官になる力があると言われた今なら、父の信頼を取り戻せるかもしれない。

「父上、お話が……」

「後にしなさい」

「っ！」

冷たい眼差しに言葉が喉に詰まった。

母が不安げに父に問う。

「ねえ、あなた。碧壱から手紙は来た？　あの子ったら、最近手紙をくれないし、顔も見せに来ないの」

「……」

朔は少し温まった母の手をそっと離した。父と入れ替わりに部屋を出る。廊下は冷え切っていた。閉めたふすま越しに聞こえる声は明るくて、温かい。

あの夏の日から、朔だけが透明になった。

「坊ちゃん……大丈夫ですか？」

朔は顔を上げて頷く。

「大丈夫。……千代さん」

「はい。なんでしょう」

父も母もまともに朔を見てくれないなかで、千代だけは変わらず優しかった。

「僕は志献官になる」

千代は目を丸くした。

「ですが坊ちゃんは……」

「もう決めたんだ。僕は兄さんみたいな立派な志献官になってみせるって」

※　　※　　※

通い慣れた教室がどこか違って見えるのは、昨日までと心のあり方が違うからだろうか。始業時間を待ちながら教室で授業の準備をしていた朔は、同級生たちが屈託《くったく》なく挨拶を交わすのを見るともなしに見ていた。

妙に現実味がない。昨日からずっと、心がどこかに行ってしまったようにふわふわした不思議な感覚が胸の中を満たし、頭の中をじんと痺《しび》れさせていた。

（――昨日のことは、夢じゃないよな？）

デッドマターに遭遇《そうぐう》したことも、助けてくれた志献官が朔に志献官になる力があると言ってくれたことも。

時間が経てば経つほど、膨らんだ希望がしぼんでいくような不安に駆られる。そのたびに朔は歯を食いしばって自分に言い聞かせた。

（俺は志献官になるんだ。兄さんみたいな――）

『諦めろ。朔は私にはなれない』

不意によみがえった碧壱の声に、ガツンと頭を殴られたようだった。徐々に鼓動が速くなり、思い出すだけで身体が冷えていくようだ。

あれは、碧壱が純壱位になった日のことだ。


あの日、朔は浮かれていた。

兄の碧壱が純壱位になったお祝いに、父と母が兄を呼び寄せた。久々の家族の団欒《だんらん》だった。

それだけではない、ちょうど数日前に朔の学校で行われた因子の有無を調べる簡易検査で、朔も水素の因子を持っていると判明したのだ。

早く兄に話したくて仕方がなかったけれど、上機嫌に碧壱と話す父がなかなか兄を離してくれない。機会をうかがいながら、朔は食事中ずっと落ち着かなかった。兄が解放されたのは、だいぶ遅くなってからだった。

「兄さん、聞いてほしいことがあります」

碧壱を呼び出して庭に出る。大切なことを話すとき、秘密を打ち明けるとき、いつも兄と星を見ていた。その日も月も雲もない晴れた夜空に満天の星が瞬いていた。

「どうした？　ずっと何か話したそうにしていたけど」

「僕にもありました、水素の因子！　この前、学校で受けた簡易検査で分かったんです！」

「そうか。おめでとう、朔。――っ」

微笑みながら朔の頭に伸ばされた手が、触れる直前で止まる。

「兄さん？」

声を掛ければ、驚いた顔をしていた兄はすぐに微笑んだ。

「ああ……いや。見ないうちに大きくなったと思ってね」

くしゃくしゃと頭を撫《な》でる兄の手に面《おも》はゆく笑い、朔は碧壱を見上げた。

「今度本部に行ってちゃんとした適性検査を受けるんです。そうしたら僕も兄さんみたいな志献官に――」

「――朔」

呼ばれてびくりと肩が跳ねた。低く冷たい、今まで聞いたこともないような声だった。

「兄さん……？」

いつも優しい兄の顔には何の表情もない。朔は戸惑いながら無意識に後退《あとずさ》った。碧壱は朔よりもずっと背が高く、すぐそばで見下ろされると威圧感がある。

「諦めろ。朔は私にはなれない」

「……え？」

呆然と聞き返した朔に兄は口を固く閉ざし、背を向けた。

「兄さん？」

何が兄を怒らせたのだろうか。朔は兄の姿が見えなくなるまでその場に立ち尽くした。

そして後日、朔は防衛本部の適性検査で志献官不適格の烙印を押されたのだった。


（思ってみれば――）

教室は登校する生徒たちの声でどんどん騒がしくなっていく。物思いにふける朔はその雑音すら気にならなかった。

（あのとき、兄さんは気づいていたのかもしれない）

朔に志献官になれるだけの力がないことを。だから、突き放したような言い方をしたのだろう――そう無理やり自分に言い聞かせようとしても、やはり納得できなかった。

（兄さんはそんな人じゃない。適性がないことを慰めたとしても、怒るなんて……）

あのとき兄は確かに怒っていた。その理由がどうしても分からない。

（いや……逆なのか？　本当は俺に志献官になる力があると分かっていたから……？）

まさか、と首を振る。

純《じゅん》の志献官の席は、ひとつの元素にひとつだけだ。兄がその席に就《つ》く限り、水素の因子を持つ朔は絶対に純の志献官にはなれない。けれど、混の志献官だって悪くない。兄を支えていくのが朔の夢だ。朔が志献官になったからって、碧壱の地位を脅《おびや》かすものではない。

（……脅かす？）

不意に浮かんだ考えにぞっとした。小さく震えた両手を強く握り合わせる。

純の志献官の席は、死ぬことでしか空《あ》かない。

兄さんのような志献官になりたい——その言葉が、碧壱の死を願っているように聞こえたのだとしたら？

朔は俯《うつむ》いた。

（違う。俺はそんなこと……）

幼い頃からずっと、源一族として水素の志献官になりたかった。兄のように、純の志献官になれれば誇らしかっただろう。けれど、兄の死を願ってまで手に入れたいわけではなかった。だからこそ、志献官の適性がないと知ってからは、どんな形でもいいから兄の補佐ができるように勉強をしていたのだ。碧壱が死んで、全てが無駄になったと思っていたけれど——。

（俺が志献官に……）

そう考えるだけで、嬉しくて、けれど不安で息苦しいような複雑な気持ちになる。兄への後ろめたさを感じながらも、本当に志献官になれるのだろうかと、そればかり考えて、授業にも身が入らない。

希望が芽生えるたびに、適性がないと告げられたときの失望が希望を押しつぶしていく。朔を助けてくれた志献官の言葉が、その場限りのものであった可能性だって十分にあるだろうと、怖じ気づいた自分がグズグズと訴えた。

あっという間に放課後になった。授業の内容は何一つ覚えていない。

放課後になったからといって、すぐに家に帰る気にはなれなかった。碧壱が死んでからはずっとそうだったが、今日は特に。

もはや常連となった理科準備室で、天体望遠鏡のそばに何をするわけでもなくぼんやりと座っていた。

志献官になりたい。志献官になるんだ――願望と決意は確かにここにあるのに、あと一歩が踏み出せない。

明日、明後日と日常を繰り返せば、昨日のことこそ、あり得ない現実だと思うようになるだろう。あの志献官の言葉が真実か嘘かも分からないまま――。

「お！　やっぱここにいた」

前触れもなく開いたドアに、朔ははっと振り返った。明かりを点け忘れた夕日の差し込む準備室の入り口に人影があった。

「――何をしに来たんだ。三宙《みそら》」

「べっつにー？　誰かさんが今日一日中ぼーっとしてるから、どっかに閉じ込められて泣いてるんじゃねーかと思って」

「……」

不敵に笑みを浮かべて図々しく入ってきたのは、同級生の浮石《うきいし》三宙だ。源家と浮石家はかねてから親交があり、幼なじみでもある。数年前――低学年くらいまではそれなりに仲がよかったが、今は顔を合わせるたびに険悪な空気になってしまう。

その三宙が、いちいち自分を探しに来たというのが解《げ》せなかった。表情を読もうにも、軽薄そうな笑みが浮かんでいるだけで何を考えているのかが分からない。

「昨日、デッドマターに襲われて志献官に助けてもらったんだって？」

「なんで知ってるんだ」

「浮石家《うち》には情報通がいるから」

三宙は行儀悪く机に腰掛けると、それで？と首をかしげた。

「志献官に助けてもらったら、兄貴のことでも思い出しちゃったわけ？」

「……」

違うとも、そうだとも言えずに口をつぐむ。ふん、と三宙は鼻を鳴らした。

「だんまりかよ。つまんねーの。昔のお前だったら、志献官に助けてもらったって大はしゃぎ――」

「三宙」

言葉を遮るように呼べば、三宙はピタリと口をつぐんだ。朔の言葉を待つようにじっと見つめてくる。

懐かしい思いがこみ上げた。まだ自分も志献官になれると無邪気に信じていた頃、三宙に会うたびに志献官への憧れを口にしていた。いつしか聞いてもらえなくなったけれど、今ならば。

「俺……志献官になろうと思う」

声は震えなかっただろうか。千代に言うのとはまた違った緊張があった。三宙はぽかんと目を丸くしている。

「は？　何言ってんだよ。だってお前は……」

「昨日助けてくれた志献官が言ったんだ。俺には志献官になる力があるって」

「そんな言葉本気にしたのかよ。お前は因子があるだけなんだろ？　本部の検査で適性なしって言われたくせに」

「検査の方に間違いがあったのかもしれない。俺はあの人の言葉を信じる」

「はっ、ホントバッカじゃね？　そんなのガキを落ち着かせるためのリップサービスに決まってんじゃん」

朔は強く首を振った。どうして分かってくれないのだと苛立《いらだ》ちがこみ上げる。

「志献官になって、兄さんの仇を取るんだ」

「お前なんか碧壱サンの足元にも及ばねーよ」

「そんなのやってみないと分からないだろ！」

「分かるね。本当に仇取りたいって思ってんならこんなところにいるかよ。今すぐにでも防衛本部に行って、志献官になりたいんですって泣きつきゃいいじゃん。こんなところで思い詰めた顔して座ってるだけの奴に、志献官になる覚悟なんてあるわけねーし」

「……っ！」

激しくこみ上げた激情が喉を塞《ふさ》いだ。その様子を、返す言葉もないと取ったのだろう。三宙はふんと鼻を鳴らした。

「馬鹿な夢見てねーで現実見ろよ」

「馬鹿な夢、だと？」

もしかしたら昔のように話を聞いてくれるんじゃないかなんて、一瞬でも考えた自分が恨めしい。いちいち朔を探しに来たのも、幼なじみとしての三宙の気遣いだと思ったが違ったようだ。

「……もういい。三宙には分からない」

こんな奴とはもう一秒も一緒にいたくない。三宙の前を通り過ぎると、グンと頭が後ろに傾《かし》いだ。三宙が朔の一つに結んだ髪を摑んだのだ。

「っ、離せ」

「オレには分からないって何だよ」

「離せって言ってるだろ！」

三宙の手を押しのける。プチプチと何本か髪の毛の抜ける痛みがあった。

「俺は源家の人間だ！　水素の志献官になることが一族の誇りだ！　ただ家の跡を継げばいいだけのお前とは違う！」

「は？　跡を継げばいいだけ？」

「俺は兄さんのような志献官になる！　誰がなんと言おうと！」

「なれねーよ、なれっこない！　お前になんか！」

「うるさい！　お前には関係ないだろ！」

叫んだ朔に三宙が大きく目を見開いた。何か言いたげにわななないた唇をきつく嚙み締める。

「……ばっかじゃねーの」

三宙は小さく吐き捨てると、近くの椅子を蹴飛ばして準備室を出て行った。

しんと静まりかえった準備室に、朔はひとりたたずむ。

「……なってやるんだ。絶対に」

その目は、決意に燃えていた。


その夜、朔は決意を抱いて自室にいた。部屋には明かりも灯していない。窓からは冴え冴えとした月光が差し込んでいる。

底冷えのする寒さの中、朔は背筋を伸ばして床に端座《たんざ》した。

月影の中には鈍く輝く短刀が一振り。こっそり持ち出したことにも、父は気づかないだろう。

その横には、兄の形見のペンダントが置かれていた。

「何を恐れることがある」

自問自答する。

最愛の兄を失った。仇が討てないと自分の無力さを十分に嘆《なげ》いた。母も父も朔をいないかのように扱って、何の期待もしていない。たとえ再び志献官の適性がないと突きつけられたところで、今と何が違うという。

失う物はもう何もない。

朔は短刀を手にした。

「覚悟を見せろというのなら――」

反対の手で無造作に髪を摑む。うなじに刃を差し入れて、朔はひと思いに髪を断ち切った。パラパラと落ちた毛先が首筋をくすぐる。こんなにも、あっけない。

「は……はは」

意味もなく笑いがこぼれた。涙のにじんだ目を拭《ぬぐ》い、短刀を置いて立ち上がる。片手に髪を握り締めたまま部屋を出て千代を探した。

「――千代さん」

「はい、ぼっちゃ……きゃぁ⁉」

悲鳴を上げた千代に申し訳なく思いながら、朔は照れ笑いを浮かべて短くなった襟足に触れた。

「みっともないから、ちゃんと切ってほしい。お願いできますか」

くしゃりと顔をゆがませた千代が、髪を固く握り締めた朔の手を両手で包む。その手は、涙がこぼれるほど温かかった。

翌朝、校門で遭遇した三宙が、さっぱりと短くなった頭の朔を見て目を丸くして固まった。昨日の言い合いもあって、胸がすくようだ。朔は誇らしく笑って見せた。

「これが俺の覚悟だ」

朔はそれだけ言って校門をくぐった。

もう後ろは振り返らない。志献官になって兄の仇を討つ。そして、兄の代わりにデッドマターから結倭ノ国《ゆわのくに》を守るという使命を果たすのだ。

だから、朔は知らない。

置き去りにした三宙が俯き、固く拳を握っていたことを。


朔は自室で姿見に映る自分をじっと見つめた。短くなった髪にまだ違和感がある。

だが、悪くない。

（兄さんに近づけた気がする）

兄も髪は短かった。前髪も兄に倣《なら》って分けてみようかと思ったが、あまり似合わない。苦笑とともに元に戻した。

兄のような志献官にはなりたいが、源 碧壱になりたいわけじゃない。

朔は形見のペンダントを身につけて、鏡を見た。やっとこのペンダントを持つにふさわしい人間になれる気がする。

朔はペンダントを服の中にしまうと、襟を正して背筋を伸ばした。

「俺は志献官になる。そして、兄さんの仇を討つんだ」

そのために、今日は防衛本部へ直談判しに行く予定だ。

緊張で強ばった顔としばらく睨み合い、朔は自室を出た。その足で母の寝室へと向かう。

母は相変わらず寝台の上でぼんやりと外を眺めていた。朔は戸口から中へ入らずにその場で告げる。

「母上、僕は志献官になります。兄さんの代わりに、志献官の使命を果たします」

「……」

何の反応も示さないのは想定内だ。それでも、一抹《いちまつ》の寂しさを感じながら、朔は頭を下げた。

「行って参ります」

顔をあげられないまま踵を返す。もう母の冷たい横顔は見たくなかった。

「――行ってらっしゃい」

朔はハッと振り返った。

母が――あの夏の日から朔を目に映さなくなった母が、朔を見て微笑んでいる。冷え切った心に灯火《ともしび》のようにぬくもりが灯った。

「っ、行ってきます。母上」

やっぱり、これで正しかった。

朔は涙をこらえながら一礼し、部屋を出て行く。

「いってらっしゃい――あおい」

柔らかくにじむように呼んだその名前は、朔には届かなかった。

※　※　※

「――自分に、来客ですか?」

鐵《くろがね》仁《じん》武は困惑もあらわに司令室の執務机に就く男に問い返した。舎密防衛本部司令の笹鬼《ささき》だ。通常、任務のことでもない限り連絡事項はモルが言いに来る。今回もそうだろうと気を引き締めて部屋に入ったが、来客だとは予想だにしていなかった。

「ああ。君に来客だ」

仁武より二回り近く年上の司令は、厳《いか》めしい顔をさらに険しくして頷き、繰り返した。そんなに厄介な客なのだろうか。

「先日の煉瓦街での侵食防衛で救われた礼をしたいらしい。今、応接室で待ってもらっている」

「わざわざ応接室に、ですか……」

助けられた礼を言いに来る市民は珍しくない。だが、門の辺りまで出向いて少し話をするのがせいぜいだ。それに、司令の晴れない表情も気になった。

「君は先日、侵食の中から誰を救ったのか知っているかね」

「は……いえ。誰であろうと救うのが我々ですので」

「そうか」

司令は珍しくためらうように目を伏せると、小さく首を振った。

「源朔――源 碧壱純壱位の弟だ」

「……っ」

目を見張った仁武に、司令はわずかに同情の色を瞳に宿す。

「源碧壱純壱位とは、君もずいぶん親しかったと聞いている」

「……はい」

仁武は背に回した両手をぐっと握った。

去る八月、碧壱は新宿再生戦で命を落とした。前任の司令は、任務失敗の責任を取り辞任、笹鬼司令はその穴を埋めるようにやってきた。

「会いたくないのであれば、私がどうにか話を付けるが、どうする」

「……」

司令の気遣いに仁武はゆっくりと首を振った。

「自分が行きます。礼を言いに来た弟を追い返せば、碧壱が怒るでしょう」

「そうか。なら、待たせては申し訳ない。行ってきなさい」

「はい。失礼します」

仁武は一礼し、司令室を後にした。

（碧壱の弟か……）

気乗りはしなかった。碧壱を救えなかったという負い目が、べっとりと背中に張り付いている。

「……」

応接室の前で足を止めた。無意識に顔が険しくなっていたのを自覚する。

（いかんな……）

険しい顔をしていけば怖がらせてしまう。ただでさえ身体が大きくて怖がられることが多いのだ。

「ふぅ……」

一度、心を落ち着かせるように息を吐き出し、軽く扉をノックする。すぐに、はい、と子供のうわずった声が聞こえた。

「申し訳ない、お待たせしました。舎密防衛本部作戦部、鐵 仁武純壱位です」

中に入ると、椅子から飛び上がるように少年が立ち上がる。仁武は小さく息を呑んだ。

(碧壱……)

「源 朔です。先日は助けていただき、ありがとうございました!」

張りのある声とともに少年は勢いよく一礼した。真っ直ぐに仁武を見上げる顔に、一瞬重なった面影が溶けるように消えていった。

「君は確か──髪が?」

目にとまったことがそのまま口をついて出た。銀灰色の髪の小柄な少年に見覚えはあったが、確かもっと髪が長かったはずだ。

少年は目を瞬かせると、ああ、と襟足に触れた。

「よく覚えて……切ったんです」

なぜ、と初対面の──正確には二回目だが──少年に問うのはぶしつけだろう。仁武は頷いて、座るよう促す。朔はギクシャクと腰を下ろした。

(彼が、碧壱の弟……)

対面に腰を下ろしながら仁武は静かに観察する。

碧壱の弟なら話は聞いている。七つ離れていると言っていたから、今は十一歳──いや、十二歳だろうか。それにしては小さいような気もした。碧壱は決して小柄な方ではなかったから、きっとこれから大きくなるのだろう。

「お礼をしに来たと聞きました。しかし、市民を守ることが我々志献官の使命ですので、お気遣いは無用です」

「……」

朔はぎゅっと眉間にしわを寄せて、何か言いたげに口を開き、結んだ。

「何か？」

「……いえ」

いえ、という顔ではなかった。小さな手が膝の上で固く握り締められる。

（もしかしたら――）

仁武もまた、無意識に膝をぐっと掴んだ。もしかしたらこの少年は、仁武を責めに来たのかもしれない。たったひとりの兄を失ったのだ。恨み言の一つも言いたくなるだろう。

「……覚えていますか」

「……はい？」

自罰的な思考に沈みそうになった仁武を、朔の問いが引き戻した。

朔はぐっと顎《あご》を引く。ごまかすことを許さない意志の強い眼差しだった。その目は碧壱によく似ていた。

「鐵純壱位は、俺に志献官になる力があると言ってくれました。それは本当ですか？」

確かにそう口にした覚えはある。現場はかなり侵食が進んでいたというのに、朔は侵食の中でも命を落とすことなく耐えていた。危《あや》うハところではあったが、賦活処置する前でさえそうなのだ。身に宿している元素力《げんそりょく》は、かなりのものだろうと推察された。源一族なら納得だ。

「ええ。もちろん覚えています。間違いなく、君には強い元素の力が眠っているはずです」

「やっぱり！　冗談じゃなかったんだ」

「は？」

冗談？と仁武が首をかしげていると、朔はテーブルを両手で叩いて身を乗り出した。

「俺を志献官にしてください！　お願いします！　兄のような志献官になりたいんです！」

その熱意に仁武は軽く身を引く。朔の瞳は爛々《らんらん》と輝いていた。

『――私が死んでも、朔には志献官になってほしくないんだ』

不意に、碧壱が生きていたころの声がよみがえった。


「死んでも、なんて」

言葉が続かず、仁武は思わず立ち止まった。志献官という死と隣り合わせの職業に就いているのだ。冗談ではすまない。

数歩先で碧壱が振り返る。煉瓦街を行き交う人々が興味深そうにふたりの志献官に目をやっては、すぐに飽きたように通り過ぎていった。

碧壱は町並みに目を向けながら薄く笑う。四つ年下のこの青年は、時折酷く冷たい顔をした。出会って一年が過ぎたが、その表情の理由はいまだによく分からない。

「ない話じゃない。私たちは志献官だ。覚悟はいつだってしていないと」

「だが――」

「仮定の話だ。仁武だって、弟たちに鉄の因子があったとしても、自分の死後志献官になってほしいとは思わないだろう？」

そういうことか、と仁武は頷いた。もしもの話だ。仁武だってもちろん考えたことがある。仁武は六人兄弟の長男だ。弟が三人、妹がふたりいる。幸い三人の弟たちには鉄の因子も、他の元素の因子もない。

けれど、その血脈に因子を継いでいる碧壱にとっては、身に迫った現実なのだ。

「弟のことが大事なんだな」

「ああ……たったひとりの弟だから」

行こう、と碧壱は背中を見せる。仁武もその後についていきながら、たくさんの手荷物を持ち直した。弟妹《きょうだい》たちに買ったものだ。弟妹の数が多いとお土産も多い。碧壱にはその買い物に付き合ってもらっていた。碧壱の弟の話が出たのもそのついでだ。

碧壱は凜と前を向きながら、独り言のように口を開いた。

「私は生まれてからずっと、源の人間として志献官になることを期待されて、そうなるよう育てられた。それ以外の生き方を知らない」

「そんなことはないだろう」

碧壱は努力家だ。本人が望めば、きっとどんな生き方だってできる。

笑って否定した仁武を、碧壱は微笑で見上げた。

「そう言ってくれるのは仁武くらいだ。弟はすごいぞ。厳しい源家の後継者教育も受けているし、防衛本部で働きたいって勉強もしてる」

「防衛本部で？　職員としてってことか」

「そう。私を補佐するんだと帰るたびに勉強したことを見せてくれるんだ」

「それは……可愛いな。いくつ離れてるんだ？」

「七つ。年が離れていて良かった。そうでなければ、あの子が志献官になっていたはずだ」

だから仁武、と碧壱は仁武を見上げた。

「私に何かあったら弟のことは頼む」

「碧壱……」

「仁武に何かあったら、お前の家族は私に任せろ」

真面目くさった碧壱の顔に、にやりと不敵な笑みが浮かぶ。思わず噴き出してから、弟は任せろと、仁武は深く頷いた。


「――壱位、鐵純壱位？」

「っ！」

仁武は夢から覚めたように瞬きをした。しばし物思いにふけっていたせいだろう。朔は訝《いぶか》しげに眉根を寄せている。その顔に碧壱の面影が重なった。

『仁武……頼む。朔を……私が死ねば、きっと朔が……』

『朔を、志献官にしないでくれ……』

まるで昨日のことのように思い出すその記憶に、仁武はぶるりと身を震わせる。死の淵で託された碧壱の懇願《こんがん》が、心臓の深いところに突き刺さったように胸が痛んだ。

(碧壱の遺志だ。この子まで命を散らすことはない)

そもそも、仁武に志献官採用の権限はない――と、そう思ったところで引っかかった。水素の名門である源一族の朔が志献官になりたいと言ったら、かなりの確率で登用されるだろう。源家の人間ならば、それが分からないはずもない。

「なぜ俺に頼みに来たんですか？　志献官になりたいなら、適性検査を受けたらいい。君なら問題なく通るでしょう」

朔の細い肩が小さく震えた。何かやましいことでもあるのか視線が揺れる。

「理由を言えないのなら、この話はこれで終わりに――」

「っ、なかったんです！　……志献官の適性が、ないと言われて」

「……何？」

怪訝《けげん》に眉をひそめる仁武に朔は悔しげに俯いた。

「以前本部で受けた適性検査で、因子はあっても志献官になれるほどの力がないと結果が出たんです」

「……まさか」

仁武は口元に手を当てて目を伏せる。

志献官は純壱位から純参位までの純の志献官と、混四位《こんしい》から混六位までの混の志献官に分けられる。賦活処置を受けて元素力を扱えるようになるのは混四位からであり、混五位、六位は因子を持つものの、賦活処置を受けられるほどの元素力がない志献官だ。

適性がないということは、その混五位、六位にもなれないほど弱い力しかなかったということになる。

しかし、先日のデッドマターの襲撃で朔は仁武が到着するまで耐え抜いた。因子を持っていたとしても、志献官になれないほどの弱い力なら耐えきれずにデッドマターの侵食圧で命を失っていただろう。志献官になるには十分な力があるのは間違いない。検査時に何か手違いでもあったのだろうか。

あるいは検査を受けて以降、急激に力が増したという可能性もある。しかし、そういう例は極めて稀《まれ》であるし、身体に強い負荷がかかった結果、原因不明の病として命を落とすことがほとんどだ。

仁武はチラリと朔を見た。痩せてはいるが健康を損なっている様子はない。ただ縋るような目で仁武の言葉を待っている。仁武が不用意に言った言葉が朔に希望を持たせたのだろう。今更勘違いだったと言っても納得しそうにない。

仁武は小さくため息をついた。

「ご両親は君が志献官になることを了解しているのか？」

「両親は関係ありません。俺が志献官になりたいんです。源一族として、源 碧壱の弟として」

「……決意は固いようだな」

碧壱もそうだった。負けん気が強くて、こうと決めたことは必ず貫き通す。その気迫を朔からも感じた。

「再検査の前に、君に本当に志献官になるための心構えがあるか試してやろう。ついてきなさい」

たとえ、朔に志献官としての素質があったとしてもまだ幼い。力不足だと現実を思い知ればさすがに諦めるだろう。仁武は心を鬼にして立ち上がった。


「はっ、はあ……っ、はあ……」

朔の荒い息づかいが神楽武術堂《かぐらぶじゅつどう》に響く。ポタポタと落ちる汗がいくつも地面に丸い染みを作っていた。

そんな朔に対して、仁武は息も乱さず汗の一つもかいていない。仁武は小さくため息をついて首を振った。

荒い呼吸に上下する朔の背中が痛々しい。諦めさせるためとはいえ、これ以上、子供を転がし続けるのは良心が痛んだ。

「これで分かっただろう。志献官たる者、単に因子があるだけでは務まらない。君では――」

「まだ……っ、まだです。俺はまだやれる！」

汗みずくになった朔の顔に、諦めという文字はなかった。それどころか、その目はより一層強く燃えている。その必死な眼差しに、碧壱が防衛本部に来たばかりのころの姿が重なった。

源家の名を最も重く感じていたのは碧壱だ。実力を証明するため、必死に食らいつく姿を仁武は見た。そのときの碧壱と、今の朔は同じだった。

(――碧壱。本当にこれでいいのか？)

碧壱は自分に何かあったらと、仁武に弟を託した。その約束を守るためにこの固い意志をくじくことが、本当に朔のためになるのか？

仁武には分からなかった。

「……なぜそんなに必死なんだ。君は源家を継ぐんだろう？」

朔は強く首を振る。飛び散った汗が光を弾いた。

「家なら誰でも継げます。でも、志半ばで倒れた兄の意志を――水素の志献官としての誇りを受け継げるのは俺しかいません」

「しかし、碧壱は君が志献官になることを望んではいなかった」

朔は悔しげに唇を噛み締め、声を絞り出した。

「それでも、俺は志献官にならなければならないんです！」

その気迫に、仁武はため息とともに顔を片手で覆《おお》った。

（無理だ。碧壱……俺に、この意志は折れない）

あの日、新宿で、碧壱も同じ目をしていた。


異形《いぎょう》の災厄が、静かに絶望を連れてくる。

色のない、荒れ果てた新宿の高層ビルの間を、長い肢体《したい》を持て余した幾多の顔を持つ巨大な怪物が、ゆらり、ゆらりと揺れていた。

「碧壱！　戦線を離脱しろと指示が出た！　これ以上は――」

「先に行け、仁武！　殿《しんがり》は私が務める！　お前は負傷者を連れていけ！」

「しかしっ！」

「仁武！　必ず生きて戻る！　私を信じろ‼」

その言葉と同時に、碧壱の攻撃がデッドマター――フォーマルハウトと名付けられた怪物に炸裂した。


（やはり、兄弟だな）

じくじくと疼《うず》くような悲しみが胸を締め付ける。仁武は感情を吐き出すように長く息をつくと、改めて朔を見下ろした。

「分かった。だが、これで最後だ」

仁武は訓練用の木刀を朔に投げると、自分も一本手に取って構える。

「これは……？」

朔は戸惑ったように木刀と仁武を見比べている。

「今からお前に全力の一撃を打ち込む。本気で志献官になりたいのなら耐えてみせろ。耐えきったなら、再度適性検査が受けられるように手配してやろう」

「……っ！」

朔が大きく目を見開き、ぎゅっと木刀を抱えた。

「やるか？　耐えきれなければ二度と志献官になりたいとは思うな。それが、碧壱の遺志だ」

「……やります。耐えきってみせる！」

小さな身体では持て余す木刀を、朔はおぼつかない手つきで構えて見せた。何度転がしても、立ち上がるのを諦めない。動きのぎこちなさから戦ったことがないのは明白だ。その目に宿る決意の炎は、消えるどころかますます燃え上がっていく。その強い意志は驚嘆に値する。

だが、ここからは一切の手加減をするつもりはなかった。それが朔と碧壱への、仁武なりの誠意だった。

「行くぞ！」

「来い！」

「——はあっ！」

裂帛《れっぱく》の気合いとともに木刀を振り下ろす。身長差のせいで真下へと落とすような一撃だった。

「ああああああ！」

悲鳴のような絶叫とともに、朔は重い一撃を受け止めた。仁武から決して目をそらさず、負けてなるものかとその瞳が叫んでいる。

勝負は一瞬だった。木刀の折れる鈍い音が響き渡ったあと、堂内はしんと静まりかえった。

「あ……？」

朔が呆然と折れた木刀を見つめる。その目にはありありと絶望が浮かんでいた。

「——美事《みごと》だ」

あどけない瞳がのろのろと仁武を見上げた。思わずその小さな頭をくしゃくしゃとかき混ぜる。

「よく恐れず受け止めた。その心が志献官にとって最も必要な素質だ。木刀は折れたが、お前の心は決して折れなかった」

「じゃあ……？」

「約束通り、再検査が受けられるよう手配しよう。前回の検査で適性なしとなった理由は分からないが、お前には間違いなく志献官になれるだけの力がある」

「……っ」

朔の灰色の瞳にじわりと涙が浮かぶ。あ、と仁武が思ったときには、子供特有の丸い頰にぽろぽろと涙が伝っていた。

「あ……ありが……っ、ありがとう、ございます……っ」

「泣くな。これから志献官になるんだろう？」

ぐいぐいと乱暴に涙を拭いながら、朔はこくこくと頷いた。

「さあ、おいで。怪我の手当てをしよう」

手を伸ばせば、ふらりと朔の身体が揺れた。そのまま糸が切れたように倒れ込む。とっさに受け止めて顔をのぞいてみれば、涙を残した目元は固く閉じられていた。

「気力だけで乗り切ったか。やはり、碧壱の弟だな」

小さな身体を抱きあげる。その軽さに驚きながらも、仁武は碧壱を思った。

「――許してくれよ、碧壱」

恨み言なら、いつかあの世で聞くから。

※　※　※

「母上っ、母上！　ただいま帰りました！」

防衛本部から戻った朔は、靴を脱ぐのももどかしく屋敷を駆けた。寒空の下を走ってきたため、鼻の頭も頬も耳も、赤く染まっていた。

仁武の試練に耐えた身体は疲れ切っていたが、心は気力がみなぎるようだった。怪我も痛みを感じない。数日前、志献官になれるかもしれないという希望を胸に走ったときよりももっと、体中が喜びに満ちあふれていた。

（志献官になれる！　兄さんのような志献官に――！）

母の寝室に飛び込んだ。勢い余って寝台に膝を乗り上げる。

「ただいま帰りました、母上。僕、志献官に――っ」

母の冷たい手が朔の頬に触れた。朔は驚き息を止めた。

「お帰りなさい、お役目ご苦労さま。碧壱」

「……え？」

母は少し困ったように優しく笑う。目が合っているのに、合っていない。そんな矛盾に朔は戸惑った。

とんと、母の手が胸に触れる。走っていたときに服の外に出たのだろう。その手が兄の形見に触れていた。

「心配したのよ。手紙もくれないし、ずっと顔も見せに来ないんだから」

「……ははうえ？」

「疲れたでしょう。やっと帰って来たんだもの。ゆっくり休んで」

母がそっと朔を抱き寄せて背中を叩く。何が起こっているのか、すぐには理解できなかった。

「母上……」

「なあに？　碧壱」

「……」

朔はゆっくりと視線を巡らせた。部屋の中には俯く千代と、能面のような顔をした父がいた。

「……来なさい」

父の平坦な声に朔は大きく肩を震わせた。父は朔に一瞥《いちべつ》もくれずに廊下へ出る。朔は母の腕をそっとほどいて父のあとを追った。

「父上、母上は一体——」

「話は聞いている。適性検査に通ったそうだな」

朔は息を呑んで父を見上げた。暗い眼差しが朔を見下ろす。いつかの兄の冷たい目が重なった。

「っ、すみません。勝手なことを……でも、僕は」

「そんなことはどうでもいい」

「父上？」

父は深いため息をついて首を振ると、朔の両肩に手を置いた。

「今日からお前は碧壱になるんだ」

「え……？」

朔は無意識に足を引く。逃さないと言わんばかりに、父は両手に力を込めた。

「痛っ」

「お前のその力は碧壱のものだ」

「何を……父上」

身をかがめて顔を近づける父の目の下には、くっきりと隈《くま》が浮かんでいた。疲れてやつれた顔の中で、目だけが異様に爛々としていた。

「碧壱が死んで適性を得たのがその証。そうでなければ説明がつかん」

「ちがっ、この力は僕の……」

「お前の母も碧壱が戻ることを望んでいる」

朔は愕然《がくぜん》と父の顔を見返した。目の前の父が急に知らない何かになってしまったようだ。デッドマターと対峙《たいじ》したときも、これほど絶望的な気持ちにはならなかった。

「――碧壱？　あなた？　どうしたの？」

母の声に、ふっと肩にのっていた父の手が軽くなった。背筋を伸ばした父は朔を見下ろすと、室内を顎で指し示した。

「早く行って安心させてやりなさい。碧壱」

「……」

何が起こっているのか、心が理解を拒絶している。

おぼつかない足取りで部屋へ戻れば、母は安堵したように微笑んで朔を――碧壱を呼んだ。

「碧壱。よく顔を見せてちょうだい」

母が手を伸ばした。その手が恐ろしかった。

「碧壱」

咎《とが》めるように父が朔を見下ろす。ギクシャクと近づいた朔の頬に、母の細い指が触れた。

「碧壱、こんなに傷だらけになって。いくら志献官でも、気をつけなければいけないわ」

母の目に愕然とする自分の顔が映っている。こんなに間近で目を合わせても、母の目には朔が碧壱に見えているのか。

喜びで熱くなった身体が、心臓から冷えていくようだった。ぐしゃぐしゃと、まるでいらなくなった紙を丸めるような乱暴さで、心が握りつぶされる。息をすることもままならない。

(兄さんの代わり……)

朔は小さく唇を噛んだ。父も母も、本当に必要としていたのは兄だけだったのだ。

「——はい、気をつけます、母上」

「あなたは私たちの自慢の息子よ、碧壱」

震える朔にも気づかずに、母が声を弾ませる。もう何カ月も向けられなかった優しい声だ。

朔の大好きな母の声だった。

(……兄さんの代わりになって、それで母上がよくなるなら)

自分は、兄の代替品《だいたいひん》でいい。

源 碧壱になって、道半ばに倒れた兄の、結倭ノ国を守るという使命を果たすのだ。

※　※　※

新和《しんわ》十八年四月――。

「鐵純壱位。君は後悔しないかね？」

「後悔、ですか……」

司令室に笹鬼司令の低い問いが響いた。何のことを聞かれているのか分からず、仁武は両手を後ろに回した休めの姿勢で問い返す。司令は目を伏せて小さくため息をついた。

「先の鎌倉防衛戦では辛《から》くも我ら防衛本部が勝利を収めた。しかし、空木《うつろぎ》、有生《ありせ》……二名もの純の志献官を失ってしまった。炭素と窒素の志献官を失ったことは大きな損失だ。彼らだけではない。多くの犠牲があった。――志献官は死と隣り合わせだ。そこに源 碧壱純壱位の弟を加えることを、後悔しないか？」

仁武はぐっと顎を引いた。

「自分の後悔は関係ありません。本人の意志を尊重したいと思います」

「……そうか、分かった。本部としても有能な新人は歓迎するところだ」

「司令。なぜ今になってそんなことを聞くのです」

志献官になりたいという朔の意思を尊重し、仁武は所定の手続きを踏んで再検査を受けられるよう手配した。この話が司令の耳に入っていないとは思えない。今日までの間に話をする機会は何度もあったはずだ。

「前回の検査での源 朔の結果について調査を行った」

「……何か分かりましたか」

仁武の疑問に答えないまま話を変える司令に、仁武は小さく眉を上げて問い返す。司令は小さくため息をつくと、厳《いか》つい顔をさらに険しくして仁武を見上げた。

「源 碧壱純壱位の指示だったそうだ」

「碧壱が？ そんな馬鹿な！」

思わず声を荒らげた仁武に司令はゆっくりと首を振った。

「検査で使用する形代《かたしろ》の中から、水素の形代の大半を抜くよう頼まれたとの証言を得た」

「まさか……」

仁武は愕然とした。

本部で行う志献官の適性検査の実態は一種の儀式だ。それぞれの因子に反応する形代が各因子につき複数枚入れられた箱があり、その箱を開けると大量の形代が飛び出す。そして、対象者の因子に応じた形代が対象者に貼り付き、貼り付いた形代の数で力の強さを測る。

水素の因子の形代が抜かれていたのなら、朔が志献官の適性なしと判断されるのは当然だ。

「何故そんな……」

「手を貸した職員によれば、源 碧壱純壱位は弟を危険な目に遭わせたくなかったのだそうだ」

「……っ」

弟を志献官にしないでほしい——碧壱との約束が胸を刺す。仁武は背中の手を固く握った。

「……我々結倭ノ国の男子には、適性があれば志献官になる義務があります」

仁武は唸《うな》るように吐き出した。いくら純壱位が弟可愛さに嘆願《たんがん》したとしても、簡単に聞き入れられるものではないはずだ。

「建前上はそうだ。源　碧壱は、浮石家のことを引き合いに出したらしい」

「……浮石家、ですか？」

「浮石家はリチウムの因子を持つ血筋だ。あの家門は長年、金と権力にものを言わせて徴発を逃れ続けているのだよ。源家と浮石家は懇意《こんい》だったはずだから、どこかで耳に挟んだのだろう」

（碧壱、そうまでして……なのに俺は……）

俯く仁武に、司令はわずかに声を明るくして言った。

「だが、結局本人の意志には勝てんさ。源　朔だけではない。聞いているだろう？　今年は件《くだん》の浮石家からも志献官が登用されたと」

「……浮石　三宙ですか」

確か、朔の同級生という話だったはずだ。

「家の反対を押し切って自ら志願してきた。浮石家は取り消せと言ってきたが、志献官になることは義務であるし、本人が望む限りは取り消せんと突っぱねてやった。すごい剣幕《けんまく》だったぞ」

司令はやれやれと首を振ると、困惑する仁武に目を細めた。

「後悔しないか、など意地の悪い質問をしてしまったな。源　朔を志献官にする前に止める機会は何度もあった。それでも君を止めなかったのは、今の防衛本部には各人の事情を斟酌《しんしゃく》して志献官を選ぶ余裕がないからだ」

「……承知しています」

「だから、源　朔を志献官にした責任は君にはないのだよ。面倒事は私に任せなさい。そのための司令だ。もっとも、志献官でもない私にできるのはそのくらいだがね」

ようやく笑みらしい笑みを浮かべた司令に、仁武もつられて頬を緩める。背中で握り締めていた手から力を抜いて、短く息を吐いた。

「ありがとうございます。勝手なことをして申し訳ありませんでした」

「なぁに、君などかわいいものさ。清硫《せいりゅう》や舎利弗《とどろき》を見てみなさい。私の手には負えんよ」

司令は席を立つと、仁武の元まで来て肩を叩いた。

「君だけが頼りだ。少年たちをよく導いてやってくれ。――それはそうと、君は本当に大きいな」

見上げる司令に思わず噴き出す。司令は再び仁武の肩を叩いて、時計を見るよう促した。

「時間はいいのかね？　確か、源君は今日来ると聞いたが」

「はい。そろそろ失礼してもかまいませんか」

「もちろんだ」

「では、失礼します」

仁武は司令室を退出すると、足早に廊下を歩き出す。約束の時間が差し迫っていた。


桜が咲いている。

本部正門前で朔を待つ仁武は、はらはらと舞い落ちる淡紅色の花びらに目を細め、手を伸べた。小さな花びらが指先をかすめて逃げていく。

日差しが暖かい穏やかな晴れた春の日。門出にはふさわしい日だ。

「鐵純壱位！」

声変わりもまだの張りのある声に視線を向ければ、麗《うら》らかな日差しに銀灰色の髪を輝かせた少年が明るい笑顔で駆けてくる。

「久しぶりだな。元気そうで何よりだ」

「はい。今日からお世話になります」

希望に満ちた真っ直ぐな目に顔をほころばせ、仁武は手を差し出す。

「君を歓迎する。舎密防衛本部へようこそ。源 朔混四位」

感極まったように息を吸い込んだ朔が、仁武の手を握り返そうと手を伸べる。

握手が交わされる直前、ふたりの手の間に桜の花びらが一枚舞い込んだ。


（終わり）

断章ー弐ー　宇緑四季の追憶

新和《しんわ》十八年二月――。

夕暮れの公園に寒風が吹き抜けた。昼間は子供が駆け回っている公園も、日が落ちてくればひっそりと静まりかえる。

風はやがて大きな岩にぶつかり砕け、周りに巡らされた注連縄《しめなわ》の紙垂《かみしで》を揺らした。岩は慰霊《いれい》碑《ひ》だった。

茜色に染まる空を見上げるように、宇緑《うろく》四季《しき》は巨岩を仰いだ。まだあどけなさの残る端正な顔にはどんな表情もない。

「……」

ゆっくりと吐き出す息は白かった。深く息を吸い込むたびに、肺まで冷たさが忍び込むようだ。身にまとった外套《がいとう》では、しんしんとした寒さを防ぎきれない。それでも、四季は身体を震わすこともなくそこにいた。身を切るような寒さには慣れていた。

「……」

見上げた空を鳥が横切っていく。それを目で追った四季は、やがてゆっくりと視線を下ろした。こんな寒い季節にもかかわらず、慰霊碑の前にはたくさんの花が供えられていた。

（……こんな物に、何の意味があるんだ）

忌々《いまいま》しく視線をそらす。その先に手をつないで歩く母子《おやこ》の姿があった。まだ若い母親だ。あと二カ月もすれば十七になる四季とは十歳も違わないだろう。子供は六歳ほどだ。もう片方の手には、一輪の花が握られていた。

見るともなしに見ていれば、母親と目が合った。先に母親が四季に軽く会釈をする。四季はただ目を伏せて、彼らに慰霊碑の前を譲った。

子供がとことこと慰霊碑に花を供え、母親の隣に戻ってくる。手を合わせ、祈りを捧げる動作は慣れたものだった。身体に動きが染みつくほどに、何度も繰り返し祈ってきたのだろう。

合掌を解いた子供は、まるでそうするのが当たり前だというように四季を振り返り、にっこりと歯を見せて笑った。前歯が抜けた情けない顔だった。暖かそうな襟巻きには、紅潮したふくふくとした頬がのっている。

「こんばんは！」

「……こんばんは」

小さく返せば子供はことさら嬉しそうに笑って、母親の手を握った。母親は困ったような、けれど慈《いつく》しむような目で我が子を見下ろし、四季を見る。

「ごめんなさいね。お邪魔してしまったかしら」

「いえ……別に」

「そう？　でも……」

母親は言葉を呑むと小さく首を振った。

「帰りましょうか。ほら、お兄ちゃんにさよならって」

「お兄ちゃん、またね！」

母親の手に引かれて、ぴょんぴょんと跳ねる子供の姿が遠ざかっていく。

「……」

四季に母親の記憶はない。父親の記憶もない。四季が物心つく前にはもういなかった。血のつながった家族との思い出など、四季には存在しない。

代わりにあるのは、忘れ得ぬ大切な〝家族〟との思い出だけだ。

※　※　※

新和十三年九月――。

「うわあ⁉」

情けない男の悲鳴が蒼天《そうてん》に響き渡った。水浸し、泥まみれ、ゴミまみれ、その上降りかかった無数の虫たちが張り付いてうごめいている。

「うわ、うわぁ！　っ、何だっ⁉」

バタバタと振り払おうとする男の頭に何か小さく、硬い物が飛んできた。痛みに顔をしかめながら男が見下ろせば、どんぐりが転がっている。男は目をつり上げてどんぐりが飛んできた方を睨《にら》んだ。玄関の上、二階の露台から身を乗り出した若草色の髪の少年が、パチンコで男に狙いを定めている。

「お前っ」

ヒュン、と風を切る音を聞いたときには、眉間に衝撃があった。あまりの痛みに数歩後退してうずくまる。頬をもぞりと虫が這ったのを苛立《いらだ》たしく振り払い、男は少年を睨《ね》め付けた。

まだ十一、二歳の子供だ。少女のような顔に憎たらしい笑みを浮かべている。

「あんたさぁ」

まだ声変わりも済んでいないような声で、少年は男を笑った。

「いくらここがガキばっかの孤児院だからって、いい歳した大人がそんなゴミみたいな格好で来たら失礼じゃない？　どこで遊んできたんだか！」

言葉が終わるなり、複数の子供の笑い声が響く。露台の柵の合間から、少年よりもさらに幼い子供たちが顔をのぞかせていた。水も、泥も、虫も、ゴミも、全て子供たちが代わる代わる男の頭に撒いたのだ。

「っ、お前！　お前らの仕業《しわざ》だな！　こんなことをして――」

男は言葉を呑んだ。少年が再びパチンコをぎゅっと引き絞ったからだ。

「一歩でもこっちに来てみな。次は目だよ、おにーさん？」

「ぐっ……」

男はとっさに両手を顔の前に突き出した。クスクスと笑い声が降ってくる。それにカッと顔を熱くして、男は身体の横で拳を握り締めた。

「子供がふざけたまねをするな！　院長を呼べ！　この責任は――」

頬骨にどんぐりが当たった。目を狙って外したのか、それとも当てる気がなかったのかは分からない。男はズキズキと痛みを訴える頬を押さえ、憎しみを込めて露台を見上げた。

「院長先生はいない。帰れ！」

少年が鋭く叫べば、帰れ、帰れと子供たちが唱和する。男は怒りに身を震わせながら、高みから見下ろす少年を指さした。

「ただで済むと――うわっ⁉」

バチンバチンと立て続けに男の肩にどんぐりが当たった。はやし立てる子供たちの真ん中で、少年は真っ直ぐに男に狙いをつけていた。

「……チッ」

男は背後を振り返った。騒ぎを聞きつけた近所の住民が集まり始めている。警察が来るのは時間の問題だろう。男はフンと鼻を鳴らし、身体にまとわりつくゴミや泥、虫を払いながら孤児院に背を向けた。

わっと背後で歓声が上がる。忌々しいばかりだ。

「二度と来んじゃねーよ！　バーカ！」

後頭部についでとばかりに追撃がある。屈辱にはらわたが煮えくりかえった。男は怒りを拳にためながら、野次馬を蹴散らすようにその場をあとにした。

野次馬を突き飛ばして去って行く男の背中に、少年——四季はフンと鼻を鳴らしてパチンコをポケットにしまい込んだ。

「やったね、四季兄ちゃん！」

「お前たちも、よくやったな」

目をキラキラさせて立ち上がった柊吾《しゅうご》と五人の子供たちの頭をくしゃくしゃと撫《な》でる。虫はどこにでもいるが、集めるとなるとやはり大変だった。率先して集めたのがこの柊吾だ。

「これで悪者は——うわ!?」

ぎゅっと耳を引っ張られて四季はわずかにつま先立ちになった。

「四季！　騒がしいと思ったら、今度は何をしているんですか！」

「せんせ、先生痛いって！」

身をよじって手から逃れると、四季は口をとがらせた。くたびれた着物の袖をたすき掛けにした四十半ばの男は、この孤児院の院長だ。引っ詰め髪にはだいぶ白いものが交じっている。眼鏡の下の目は怒るというよりも困り果てているようだった。

「何って？　悪者退治」

胸を張る四季に、院長は頭を抱えて首を振る。

「悪者ではないでしょう。お客さまになんてことを」

四季がふと気づいて院長の後ろの部屋を見れば、浅黄色の着物を着た少女がおっとりと笑って小首をかしげた。

「万葉《かずは》、チクったな？」

「だって、さっちゃんがみんなのところに行きたがるんだもん。危ないって言っても聞かないから仕方なかったの」

「しきにいちゃーん！」

万葉と手をつないでいた幼子がパタパタと駆け寄ってきた。五歳の幸《さち》を請われるままひょいと抱え上げ、四季は院長を見上げる。

「だって先生。アイツ、いつも来るたんびに先生のこと困らせてるでしょ」

あの男は院長に孤児院の土地を売れと迫っている地上げ屋だ。院長は売らないと言っているのに、何度もしつこく言ってくる。前に来たときなど、院長の胸ぐらまで摑《つか》んでいたのだ。次はきっと殴られるだろう。

「そうだとしても、みんなのお手本にならなければならないのに、君が率先して悪さをしては駄目でしょう？　はあ……こんな子に育てた覚えはありませんよ」

額に手を当てて院長は首を振る。四季はその顔をのぞき込んで、ニッと笑って見せた。

「でも、こんな風に育ったんだから先生のせいだよ」

眼鏡の下で院長の目が見開かれる。

「こら、四季！」

「あはは！　先生が怒ったぞ。みんな、逃げろ！」

四季の号令で、露台にいた子供たちが笑い声を上げながら部屋の中へと駆け込んだ。院長から逃げおおせ、階段を下りたところで万葉に幸を引き渡す。そのままみんなと別れた四季は、ひょいと食堂をのぞき込んだ。

「いた」

ひとりぽつんと食卓に向かって本を読んでいる少年は藍参《あいざ》だ。

孤児院には四季を含めて子供が十人暮らしている。四季と一緒に客を追い払った六人と、あとから来たふたり、それとこの藍参の十人だ。孤児の数は増減するが、この一年ほどは増えもせず、減りもしていない。

十人の中でも藍参は少し特別だった。四季の二つ年下で、孤児院には四季に次いで長くいる古株だ。四季が一番長く時間をともにして兄弟のように育ってきたのが、この藍参だった。

「藍参」

「っ、四季」

呼べば藍参は弾かれたように顔を上げる。四季は藍参の前の椅子に座って、頰杖を突いた。

藍参の柔らかそうな赤朽葉色《あかくちばいろ》の髪が、きょとんと首をかしげた拍子にふわふわと揺れた。

「なんで来なかったんだよ。みんなで悪い奴やっつけるって言ったろ？」

「そうだけど……僕はいいよ」

「いいって？」

「だって、可哀想だし」

「悪い奴なのに？」

四季の問いに藍参の眉がハの字に下がり、気弱そうな顔はよりいっそう情けなく見える。

「でも先生が、人にされてイヤなことはしちゃダメだって言ってたよ」

「その先生が困ってるんだろ？」

「でも四季怒られたでしょ。先生に」

「……」

その場にいなかったはずなのに見透かすように言う。四季は院長に引っ張られた耳に無意識に触れ、藍参から軽く視線を外した。

「それに、いやだよ。悪い人でも、誰かが痛い思いをするのは」

藍参は気弱に見えて頑固だ。こういうときは意地でも意見を変えない。まだ幸くらいの歳の頃からの付き合いだから、藍参の性格はよく知っている。鼻白《はなじろ》んだ四季は頰杖をやめて背筋を伸ばした。

「ふうん？　まあいいや。次来たときは手伝えよな」

あの調子なら、次も懲《こ》りずに来るだろう。そうしたらまた追い払うだけだ。何度だって追い返してやる。

「ねえ四季、そんなことして――」

「四季兄ちゃぁん、来てぇ！」

「四季兄ちゃん、来ちゃだめー！」

「どっちだよ」

四季は苦笑した。充《みつる》と夏音《なつね》が口々に四季の名を呼んでいる。さらに別の言い争う声も聞こえてきた。

「……また紅《べに》ちゃんと柊《しゅう》が喧嘩してるね」

「みたいだな」

「止めに行かなくていいの？」

「決着がつけば勝手に仲直り――」

ガシャン、と何かが壊れたような音が聞こえてきた。喧嘩の声もピタリと止む。四季は椅子から腰を浮かせた。

「紅子！　柊吾！　何した⁉」

大声で聞いた四季の耳に届いたのは、なんでもない、と叫ぶふたりの慌てた声だ。

「なんでもなくないだろ……」

「あはは！　僕も行くよ、四季」

「ったく……」

呆れながらも藍参と共に食堂を出る四季の口元には、穏やかな笑みが浮かんでいた。

――一秒一秒が騒がしくて、息をつく間もない。そんな孤児院《我が家》が、四季は嫌いではなかった。


孤児院に来客があったのは、騒動の数日後のことだった。

空気にはまだ夏の暑さが残っているが、時折吹く風には秋の気配が紛れている。

四季は窓を開け放った露台のそばにいた。風通しがよく涼しい。手元には先日の紅子と柊吾の喧嘩で壊れてしまった置き時計があった。上部で子供の人形たちが踊るからくり時計だ。時計の部分は無事だったのだが、院長が改造して作ったからくり部分が壊れてしまっている。

「うん。このくらいなら俺でも――」

四季が修理しようと分解していたところに、慌ただしい足音が届いた。

「四季兄、四季兄、なんか来てる」

「なんかいるよ、四季兄ちゃん」

駆け込んできたのは桃輝《もも き》と清太《せい た》だ。顔を上げた四季の前に並んだふたりの表情は対照的だった。桃輝は好奇心に満ちあふれ、清太は恐れているようだ。同い年のふたりは性格が正反対なくせに、いつも一緒だった。

「何かってなに？　この間の悪者？」

「ううん。違う人。先生もいつもとちょっと違うんだ」

「ボク知ってるよ。あれ、防衛本部の人だ」

首を捻った桃輝に清太が言う。その声はわずかに震えていた。

「防衛本部……？」

四季はぽかんと繰り返した。防衛本部はデッドマターに対抗する唯一の組織だ。志献官《しけんかん》と呼ばれる人たちが、首都である燈京《とうきょう》を拠点に結倭ノ国《ゆわのくに》を守っている。

（志献官ね……）

四季は誰にも聞かれないように心の中で呟いた。四季たちが住んでいる孤児院は海に囲まれた燈京の外にある。幸いにもまだ侵食されていない地域だが、燈京からここまでは遠い。何かあったらすぐに駆けつけてくれるなどという話は、四季はあまり信じていなかった。

「もしかして……デッドマターが来るのかな？」

清太が身震いをした。顔色も悪い。当然だろう。清太が孤児になったのは、両親をデッドマターの侵食で失ったからだ。ほんの一年前のことだった。客の格好を見て防衛本部の人だと言ったのも、そのときに見たからだろう。

四季は軽く眉間にしわを寄せると、立ち上がって藍参の名を呼んだ。

「っ、え？　何？」

真面目に院長からの宿題に取り組んでいた藍参は、顔を上げてパチパチと瞬きを繰り返した。そうしていると、七歳の清太や桃輝と同じくらい幼く見える。

「藍参、先生たちが何話してるか聞きに行こう」

「盗み聞きするの？　よくないと思う」

「情報収集だよ、情報収集。先生が困ってたら助けなきゃな」

「四季兄、オレも！　オレも行く！」

「桃《もも》は清《せい》のそばにいてやって」

びしっと手を挙げた桃輝ははっとしたように清太を見た。清太はまるで冬のただ中に薄着で放り出されたようにガタガタと震えている。桃輝はぐっと口を閉じ、頷いた。

「分かった」

「任せたぞ。行こう、藍参」

有無を言わさず歩き出せば、藍参はためらいながらもついてくる。ふたりは階段が軋まないように慎重に下りた。客を通すのはいつも食堂だ。階段の途中に腰を下ろして耳を澄ませた。

「――ですから、許可はできません」

院長の少しくぐもった声が聞こえる。めったに聞かない強めの口調に、四季と藍参は顔を見合わせた。続いて聞いたことのない男の声が聞こえてくる。

「しかし、それではこの孤児院の意味がありません」

「意味？　……話になりませんね。どうぞお帰りを」

決然とした声だった。一体何の話をしているのだろうと思っていると、階段下に赤い着物の少女が現れた。紅子だ。

「四季兄に藍ちゃん。そんなところで何してるの？」

「紅。先生と話してるのって誰？」

四季が問えば、紅子はつまらなそうに食堂を振り返った。

「防衛本部の職員だって」

「職員？　志献官じゃないのか？」

「違うみたい。男の子みんなに因子検査を受けるよう言いに来たって」

「因子検査？」

「あたしには関係ないけど。男の子は大変だね」

紅子は口をへの字に曲げた。不満なことがあるときはいつもそんな顔をする。

「紅ちゃん、どうしたの？　変な顔して。おなか痛い？」

藍参が心配して顔をのぞき込もうとすると、紅子はキッと彼を睨んだ。

「あたしが男の子だったら、志献官になってデッドマターなんて全部やっつけてやるのに」

「ぼ、僕に怒らないでよ」

彼女はぎゅっと唇を嚙むと俯《うつむ》いた。

「……藍ちゃんに怒ったんじゃない。むかついただけ」

「それ、違うの？」

「知らない！」

ぷいっとそっぽを向いて、紅子は階段を駆け上がっていった。

「紅ちゃん……四季、今の何？」

「ほっとけ。すぐ元に戻るよ」

情けなく眉を下げる藍参に四季は首を振った。

紅子は悔しいのだ。志献官になれるのは男だけと決まっている。四季も理由は知らないが、男にしか元素の因子が発現しないのだそうだ。

先ほど怯《おび》えていた清太だけでなく、この孤児院にいる子供たちは、皆デッドマターのせいで家族を失っている。四季も、藍参も、紅子だってそうだ。だから紅子はどうあがいても死んだ両親の仇《かたき》を討てない自分が、悔しくてたまらないのだろう。

「このことは上に報告させていただきます」

男の声に四季と藍参はハッと息を呑んだ。階段は食堂と玄関の途中にある。慌てて二階へ戻ろうと腰を上げたところで、食堂から出てきた男と目が合った。

「……」

四季と藍参を見る男の眉間には深いしわが刻まれている。

（これが、防衛本部の……）

四季と藍参が動けずにいると、職員が口を開いた。

「ふたりとも」

続いて食堂を出てきた院長が、職員が何か言う前に四季と藍参を見咎《みとが》める。

「お客さまにご挨拶は？」

「こんにちは」

院長に促されるまま、四季と藍参は声を合わせて会釈をした。

「部屋に戻っていなさい。――さあ、お帰りはあちらです。お気をつけて」

「いや、しかし……」

職員はなおも何か言いたそうにしていたが、院長に促されて結局は何も言わずに玄関へと向かう。

四季と藍参は急いで二階へと駆け上がり、玄関上の露台から下をのぞき込んだ。

「四季兄ちゃん？」

不思議そうに部屋にいた紅子や桃輝、清太もついてくる。下の様子をうかがっていると、玄関を開ける音と同時に職員の声も聞こえてきた。

「――あなたはどうしてこの孤児院を続けられているのか、よく考えるべきです」

職員の声に四季の心臓がドキリと跳ねた。手すりを摑む手に力がこもる。

「あなた方も、未来ある子供たちに何をさせようとしているのか、よく考えるべきですね」

「……失礼します」

踵《きびす》を返す足音に、四季はしゃがんだ。柵の合間から向こうを窺《うかが》っていれば、敷地を出たところで職員がこちらを振り返る。四季は職員が怒っているのだろうと思っていた。けれど振り向いた顔にあったのは、複雑そうにしかめられた顔だった。

「……四季」

小さく袖を引かれる。振り返れば、藍参や紅子たちが不安そうに四季を見つめていた。

「……大丈夫だよ。先生が追い払ってくれたろ？」

自分が不安がってはいけない。四季は明るく笑った。

「先生と話してくるから、みんなは遊んでな」

「僕も行くよ」

「四季兄、あたしも」

「紅はみんなを頼む。行こう、藍参」

紅子は四季、藍参に続いて年長だ。同い年の柊吾とは喧嘩が絶えないが、しっかり者で、みんなもよく言うことを聞く。不満げに口を曲げてはいたものの、紅子はその場から動かない。

四季は藍参だけを連れて一階へ向かった。ちょうど階段を下りきったところで、院長が戻ってきた。

「四季、藍参……」

「先生。さっきの人は？　何の話だったの？」

隠し事をしたってあばいてやると思いながら、四季はじっと院長の表情を観察した。はじめはなんでもないと言おうとしたのだろう。けれど、わずかに開いた口からこぼれ出たのは仕方ないというようなため息だった。

「……おいで。座って話をしましょう」

院長について入った食堂の食卓の上には、先ほどまで防衛本部の職員が使っていた湯飲みが残っていた。四季は不満を隠さずそれを押しのけてから、院長の前に座る。腕が触れるほど近くに藍参も座った。

「さて、子ネズミさんたち。どこから聞き耳を立てていたのかな？」

両手を緩やかに組んで、院長が困り顔で微笑んだ。

「俺たちはほとんど聞いてないよ。桃と清が客が来てるって教えてくれたんだ」

「そうですか……あの子たちが」

「さっきの人、防衛本部の人？」

おずおずと尋ねた藍参に、院長はゆっくりと頷いた。

「燈京からはるばるいらっしゃった、舎密《せいみ》防衛本部の方です」

「紅が因子検査を受けさせに来たんだって言ってた。本当？」

院長は苦笑とともにため息をつくと、眼鏡を外して目頭を揉む。

「――先日、燈京湾でデッドマターとの戦いがあったのを知っていますか？」

「燈京湾防衛戦でしょ」

何日か前、四季が街でもらってきた数日遅れの新聞に載っていた。今日から数えて一週間から十日ほど前の戦いになるだろう。院長が険しい顔をして読んでいたのでよく覚えている。

「燈京湾は志献官たちの活躍によって守られました。ですが、その分被害も大きかったのです」

「……誰か死んじゃったの？」

四季に身を寄せた藍参が腕を掴んだ。小さく震えている。眼鏡を服の裾で拭いていた院長は、改めて眼鏡をかけ直すと深く頷いた。

「それですぐにデッドマターに負けると言うほどではないようですが、人員を確保しておきたいという焦りがあるようです。早期に因子検査を受けさせ、見込みのある子供がいれば養成所で育成したいと声を掛けてきたのですよ」

「養成所？」

「志献官の学校のようなところです」

怯えて強ばる藍参の顔を横目に見ながら、四季は院長に聞いた。

「先生。許可できないって言ったのは、因子検査のこと？」

「そうです」

四季は眼鏡の奥の院長の目をじっと見つめた。

「じゃあ、孤児院の意味って？」

院長が小さく息を呑む。四季は視線をそらさず、わずかに前のめりになって続けた。

「どうしてこの孤児院を続けられているのかって、あいつ言ってた。もしかして、この孤児院は志献官候補を集めるために――」

「四季」

静かな声だったが、四季を黙らせる力があった。ぐっと口を結んだ四季に、院長はまた困り顔で笑う。

「防衛本部《あちら》がその気でも、私にそのつもりはありませんよ」

「……」

「因子検査を受けるのは、結倭ノ国の男子の義務です。私も例外ではありませんでした。これは生まれも育ちも関係のない、仕方のないことです。ですが、君たちはまだ幼い。因子があろうとなかろうと、子供らしく遊び、学び、のびのび暮らしてほしいのです」

「でも……」

院長は藍参に首を振る。

「第一、志献官の確保が目的なら、紅子さんたちはどうなるのです？　これまでも女の子がいたのは四季も藍参も知っているでしょう？」

「あ……」

孤児院には現在、四人の少女がいる。四季が小さいときには年上の少女もいた。皆、院長の働きかけのおかげで里親を見つけて孤児院を出て行ったが、今も時折元気だと手紙をくれる。

こくりと揃って頷くふたりに、院長は相好《そうごう》を崩した。

「それに、因子を持たない子の方がずっと多いのです。因子の有無は結果に過ぎません。志献官になれないからと、私が君たちをここから放り出すと思いますか？」

「ううん。思わない！　先生はそんなことしないよ」

ぶんぶんと首を振った藍参に院長は笑みを深めた。

「この孤児院の――私の子である限り、君たちのことは私が守ります。だから、今日のことはもう忘れなさい」

「はい、先生」

藍参がほぉっと安堵のため息をついた。四季は頬杖を突いて視線を遠くへ向ける。

「ふん、こんなガキまで使うようになったら、この国はもう終わりだよ。大人でもできないことを、なんで子供ができると思うんだ」

「四季、またそんなひねくれたことを……はあ、一体誰に似たんだか」

呆れたようなため息に四季はニッと笑って見せた。

「先生じゃない？」

院長は眼鏡の奥の目を丸く見開くと、すぐに目尻にくしゃりとしわを寄せて笑った。

「この子は……」

院長は小さく首を振ると、真面目な顔で四季と藍参を交互に見た。

「四季、藍参。このことは他の子供たちには言わないでくださいね。怖がらせては可哀想ですから」

「分かってるよ」

清太のようにデッドマターと聞いただけで怯える子供もいれば、紅子のように怒りをあらわにする子供もいる。教えたところで、いいことなどひとつもない。

「行こう、藍参」

「うん」

「ああ、そうだ」

院長は立ち上がったふたりに明るく声を掛け、にこりと笑った。

「みんなに伝えてください。ジャガイモがたくさん手に入ったので、今日はあれをやりましょうって」

ジャガイモ、と聞いて四季と藍参は目を輝かせて顔を見合わせた。

「コロッケパーティーだ！」

時折、孤児院に大量のジャガイモが送られてくる。それを茹でて、子供たち全員で熱い熱いと笑い合いながら皮を剝き、潰す。院長が申し訳程度のタマネギと合い挽き肉を炒めてジャガイモと混ぜたら、やはりみんなで思い思いの形を作り、仕上げに衣をつけたら院長が揚げてくれるのだ。

年に数回あるかないかのお楽しみが今日となれば、怯えていた子供たちも元気になるだろう。

「藍参、行こう！　みんなに知らせてやらないと！」

「うん、楽しみだね。四季！」

手を取り合って駆け出すふたりを、院長は優しい眼差しで見送っていた。


心もお腹も満ちて、ぐっすりと子供たちが寝静まる夜。

妙に胸が騒いでなかなか眠れない四季は、もぞもぞと寝返りを繰り返していた。

「四季、眠れないの？」

隣の藍参が小声で聞いてくる。四季は身体を横に向けた。

「お前こそ。また怖い夢でも見そうなのか？」

「もう平気だもん」

頬を膨らます藍参に忍び笑う。そんな四季に藍参は真剣な眼差しを向けた。

「ねえ……四季は志献官になりたいと思う？」

意外な質問にゆっくりと瞬きを繰り返し、四季は枕の下に手を入れて、そこに隠してあるパチンコを握った。

「どうだろ。考えたことない。藍参は？」

「僕も分かんない。でも、いつかは因子検査を受けなくちゃ駄目でしょう？　もしも見つかったら志献官にならなくちゃいけない……それって、怖いよ」

志献官になれば、デッドマターの近くに行くことになる。それがどんなに恐ろしいか――四季には、よく分からなかった。物心つく頃には、孤児院にいたからだ。院長は四季が赤ん坊の頃に両親がデッドマターに襲われて死んだと教えてくれたが、自分のことなのに他人事のような気さえする。

「因子が見つかったらどうしよう。四季はどうする？」

藍参は心から怖がっているようだった。四季は仰向けになって天井を眺める。

「んー……逃げるかな」

「逃げるの？　四季が？　四季も逃げたりするの？」

藍参は肘をついて上半身を起こす。その大きな動きに、眠っていた誰かがむずがるように鼻を鳴らした。しばらくふたりで息を潜めていると、再び穏やかな寝息が聞こえてきた。

「――俺が逃げたら変？　お前だって戦ったりするのはいやだろ」

「僕はそうだけど、四季は違うと思ってた」

なんで？と横を向けば、藍参はぺたりと枕に頬をつける。

「だって、四季は強いもん。僕と違って……」

「泣き虫だもんな、藍参は」

「泣き虫じゃないもん」

恨《うら》めしげな目を向けてくる藍参に四季は小さく笑った。

「国を守るとか、そういうのはよく分からない。でも、孤児院《こ こ》のみんなは守れると思う。そのためにはそばにいなくちゃ守れないだろ？　だから逃げるんだ」

「ぼ、僕も！」

興奮気味に声を上げた藍参の口をとっさに塞《ふさ》ぐ。

「シーッ！　みんなが起きる」

「っ！」

藍参は丸く目を見開いて頷いた。幸い、誰も目を覚まさなかったようだ。

「ごめん……でも、四季。僕も四季を手伝うよ」

「泣き虫にできるか？」

「できるもん！　四季がいれば何だってできるんだから！」

ふうん？と四季は鼻を鳴らした。できると言いながら、なぜか涙ぐんでいる藍参に笑い、小指を差し出す。

「じゃあ、約束な」

「うん。約束」

小指を絡めて指切りをする。最初に約束をしたのはいつだったろう。思い出せないくらいたくさんの約束を重ねてきた。きっとこれからも、数え切れないほどの約束を重ねていくのだろう。

——そんな風にいつまでも変わらない日常が続くことを、四季も藍参も無邪気に信じていた。

院長が燈京にある舎密防衛本部に呼ばれて行ったのは、それから一週間ほど後のことだった。本部に行くついでに燈京の知人に会ってくるからと、院長は通いの職員に子供たちを任せて出て行った。その職員も、夕飯が終われば自分の家へと帰ってしまった。

だからその夜は珍しく子供だけが孤児院に残された。暦は十月に入り、ぐずぐずと引きずった夏の気配を振り切って、夜になると少し肌寒い。ずっと起きているのだと言い張った子供たちは、身を寄せ合いながらうとうとと布団に潜っていった。

院長がいない以外、いつも通りの穏やかな夜だ。

真っ先に異変に気づいたのは四季だった。

「……っ！」

ガタン、と物音がして目が覚めた。耳をそばだててみれば、かすかな話し声が聞こえる。ひとりではなさそうだ。

「ん……四季？」

寝ぼけ眼《まなこ》をこする藍参の口を塞いで首を振る。藍参にも物音が聞こえたのだろう。息を詰めて身を硬くする。

「――誰かが入ってこようとしてる」

ぶるりと藍参の身体が震えた。侵入者は手間取っているようで、かすかな物音がずっと続いている。

ガシャン、と再び大きな音が聞こえた。続いて、押し殺したような悲鳴と、毒づくような声も。

（かかった……！）

窓が割られたわけではない。普段から防犯のために仕掛けておいた罠が発動したのだろう。四季は緊張とは裏腹に込み上げた会心《かいしん》の笑みを手で隠した。今日は院長もいないから、侵入可能な場所には特に念入りに仕掛けておいたのだ。

（今のうちに……）

「四季兄……」

男女の寝室を分ける襖《ふすま》が開いて、紅子が顔をのぞかせた。

「紅、みんないるか？」

「うん……何の音？」

「みんなは隠し部屋に行け」

「みんなはって……四季は？」

眉を下げる藍参に四季はニッと笑ってみせる。

「悪者退治。俺たちの家に入ってきたこと、後悔させてやる」

「四季兄、アタシもやる！」

「オレも！」

紅子が勇んで前へ出れば、柊吾が張り合うようにさらに前へ出る。四季は厳しい眼差しで首を振った。

「お前たちがいたって気が散るだけだ」

「でも四季……」

言い返そうとした藍参を四季はじっと見返した。

「藍参、みんなを頼んだ。みんなも藍参の言うこと聞いておとなしくしてろ。分かったな？」

「四季っ」

「分かったな？」

念を押す四季に唇を嚙み締め、藍参は頷いた。

「分かった」

藍参に頷き返す。全員が移動を始めるのを見送りながら、四季は乾いた唇を小さく舐めた。

「――よし」

気合いを入れて、四季は院長の部屋へと走った。四季の脳裏《のうり》に院長の声がよみがえる。

『いいですか、四季。我が家のとっておきの秘密を、君だけに教えてあげます。他の子には内緒ですよ』

何年も前の話だ。院長は優しげに微笑んで四季の頭を撫でてくれた。その手の感触を思い出しながら、院長の部屋に飛び込んだ四季は壁についている小さな扉の鍵を開けた。

『もしものときは君がみんなを守るんです』

「分かってるよ、先生」

バクバクと心臓が鳴っている。走ったからか、緊張からか、そんなのはどちらでもいい。かすかな指先の震えを振り切って、四季はためらわず扉の中にある取っ手を思い切り引っ張った。

苦心してようやく開いた扉に、男は一つ舌打ちをした。

「チッ、手間掛けさせやがって」

クソガキどもだけでも忌々しいのに、その住処《すみか》まで忌々しいときている。男は先ほど落ちてきた植木鉢の当たった肩を押さえた。

「でもよぉ、一郎。気が進まねぇなぁ」

「ああ?」

振り返れば、図体だけはでかい二郎が不満もあらわに眉間にしわを寄せていた。もちろん、彼らの名前は偽名だ。うっかり本名を呼ばないために適当に振られた名前だった。

「いくらひどい目に遭ったっていっても、所詮《しょせん》ガキのいたずらだろ? 殺しに行くなんて」

「殺すのは緑の頭したガキだけだ。他は適当に売っ払っちまえばいい」

どんぐりをぶつけられた目の下の痣《あざ》は消えたが、屈辱までが消えるわけではない。

「でも……」

「二郎、ここまで来て今更かよ」

「三郎まで……」

「いつまでもこの土地を売ろうとしない院長サマが悪い。とっととガキ連れて消えれば、痛い目見ずに済んだんだ。なあ、四郎?」

「そうそ、機会は何度もやったのに、応じなかった馬鹿がぜーんぶ悪い、ヒャヒャ!」

「四郎! その気色悪ぃ笑いやめろって言ってんだろ! とにかく、ガキであろうと容赦は
――」

ピタリと一郎が動きを止めた。他の三人はその視線を追って廊下の先を見る。

乏《とぼ》しい明かりの中、ひょろりとした人影があった。子供だ。静寂《せいじゃく》の中たたずむ子供というのは、なぜこれほど不気味なのだろう。一郎はどうしてか怯《ひる》みそうになる自分を叱咤《しった》するように首を振った。

「何してんの？　こっちだよ、おにーさんたち？」

伸びやかな子供の声が響く。そのとき一郎の脳裏には確かに、小憎たらしく笑うあの時の少年の顔が見えていた。

「あいつだ！　捕まえ――うぁっ!?」

パチン、と額で何かが弾けた。覚えのある痛みだ。一郎はたまらず額を押さえる。

「あはは！　鬼さんこちら！」

少年の影は軽やかに踵を返す。一郎は怒りで震えた。

「あいつ！　あのクソガキ！　絶対に殺す！」

一郎は怒りに任せて走り出した。足音を忍ばせることもしない。ただあの子供を捕まえることだけで頭がいっぱいだった。

だから――。

「あ？　ああああ!?」

突如《とつじょ》抜けた床に、一郎はなす術《すべ》もなく落ちていく。すぐあとを追っていた三郎も、四郎に押されて落下した。

「ヒャヒャ！　だっせー！」

穴をのぞき込んだ四郎が耳障りな笑い声を上げる。背中を強く打ち付けた一郎は、うめきながら四郎を睨んだ。

「おぉい、大丈夫か？」

「二郎！　その馬鹿黙らせろ！」

地面を殴りつけて起き上がる。打ち所が悪かったのか、隣で三郎が伸びていた。

「この役立たずが」

一郎はふらつきながら立ち上がると、三郎の太ももを蹴りつける。

「チッ、あのクソガキ！　ぜってぇ許さねえ」

怒りで痛みもどこかに消える。一郎はぐるぐると辺りを見回した。踏み台になるような椅子も何もない。ただの深い落とし穴だった。

「二郎！　縄だ！　縄持ってこい！」

「でも、そんなもんどこに」

「探せ！」

「わ、分かった」

ドタドタと二郎が遠ざかる足音が聞こえた。四郎も耳障りな笑い声を上げながら遠ざかっていく。

「四郎！　緑のガキはオレの獲物《えもの》だからな！」

ありったけの声を張り上げる。足下の三郎はいまだに伸びたままで、さらにイライラが募《つの》った。

どうすることもできずうろうろと穴の中を歩き回っていると、不意に頭上に気配がした。

「おせーぞ！　じろ……っ！」

「どーも。あんたも懲りないね」

ランタンを片手に緑の子供がにやりと笑う。悪魔のように美しい笑顔だった。

「てめぇ！」

「そこでおとなしくしてなよ。これ以上痛い目見たくないならさ」

緑の子供が言った瞬間、どこかでギャァ、と悲鳴が響いた。直後に、重たい物が落ちるような音がしたあと、四郎の下品な笑い声が聞こえてくる。

「な、何だ？」

「ほら、言ったろ？　馬鹿がまた引っかかった」

「テメェ、クソガキ！　降りてこい！　ぶっ殺してやる！」

「そんなこと言われて降りてく馬鹿はいないでしょ。助けは来ないよ。じゃあね」

ひらりと子供が手を振れば、パタンと穴が閉じてしまった。完全なる暗闇の中、一郎は怒りの雄叫びを上げたのだった。


「ギャハハ！　二郎、だっせー！」

物置と思われる部屋で罠にかかった二郎を見て、四郎は腹を抱えて笑った。片足を縄に取られて吊るされた二郎は、中途半端な長さの縄のせいで床に頭を打って昏倒《こんとう》している。蹴って意識を確かめてみたが、うんともすんとも言わない。

「ガキがおもしれーことすんじゃん？　あっという間に俺ひとりになっちまったよ、ヒャヒャッ！」

仲間意識などかけらも持ち合わせていない四郎は、罠にかかったままの二郎を置いて部屋を出た。部屋の前でどかりと腰を下ろし、持っていたナイフを床に突き立てる。

「よーぉ、クソガキィ！　オレと遊ぼうぜぇ？　お前が出てこねえなら、ここから一歩も動かねぇ。動かなかったら罠にかかることもねぇ。どうする？」

ガン、ガンガン、とナイフで床に穴を開けながら、四郎はぐらぐらと首を巡らせた。

「この家に火ぃ付けてやってもいいんだぜ？　ガキどももみぃんな丸焼きだ。逃げて出てきたヤツからぶっ刺してやるよ、ギャハハ！」

軋むようなかすかな物音に、四郎はぐるりと視線を向けた。暗くて、はっきりとしないが、誰かがいる。

「あんたのことは見逃すから、もう帰ってくれない？」

姿ははっきりとは見えないが、この声は一郎が〝緑のガキ〟と言っていた子供の声だ。

「ハッ！　オ・レ・が、お・ま・え・を。見逃すと思ってんのかよ。これだから頭の悪ぃクソガキってのはよぉ！」

「頭が悪いのはあんただろ」

「ああ？　もういっぺん言ってみろよ」

「頭が悪いのはあんんた。一回で理解しろよ」

「アヒャヒャ！　死ねや！」

四郎はためらいなく子供に向かってナイフを投げつけた。これならば罠も何も関係がない。相手がよく見えないのはお互いさまだ。逃げる間もなくナイフを受けた子供は、悲鳴の一つもあげることなく倒れ込んだ。

「あーあ。一郎にドヤされる。ヒヒッ」

自分の獲物だと叫んでいたが、早い者勝ちだ。

ゆらり、ぶらりと立ち上がった四郎は、緑のクソガキとやらの顔を拝《おが》むべく倒れた子供に無造作に近づいた。

「……あん？」

倒れていたのは子供ではなかった。箒《ほうき》の柄に着物が引っかけられただけの――。

「バーカ」

「ぐあっ！」

真横からの声に振り返った瞬間だ。脳が揺れるような衝撃で目の前に火花が散る。何が起こったのかも分からないまま、四郎は昏倒した。


「はっ、はあ、はあ……ザマァ」

四郎を殴ったバットを投げ捨てて、四季は腰に巻いていた縄で手際よく四郎を縛り上げた。

手加減せずにバットを振り切ったつもりだが、所詮は子供の腕力だ。白目を剝いているが息はある。

「よし」

一息ついて、四郎が陣取っていた倉庫の中をのぞいた。案の定、二郎が罠にかかっている。気を失っているのを慎重に確認し、四季はこちらも両手を縛った。ついでに足を吊っている縄を引っ張ってもう少し高く天井につり上げておくのも忘れない。

「くっそ重い……でくの坊め」

毒づいてはみたものの、四季の胸は達成感でいっぱいだった。ふたりは落とし穴に落とし、もうふたりはしっかりと縛り上げた。案外早く片付いたな、と小さく笑う。

(早く藍参たちにもう大丈夫だって伝えよう)

その前に水を飲もうと台所へ向かう。喉がカラカラだった。

(それにしても……)

四季は小さく笑った。みんなを守れとこの家の仕掛けや秘密の通路を教えてもらったときには、いつ使うんだと思っていた。完全に院長の趣味だろうと呆《あき》れてもいたのだ。それが本当に役に立つ日が来るなんて思ってもみなかった。

(そうだ……みんなを呼ぶ前に罠も解除しないと)

そして、みんなを安全な場所に移動させて、警察に通報して、院長が帰ってくる前に片付けを終えられれば——その瞬間、ぞっと総毛《そうけ》立った。

「っ!　かはっ」

振り返る間もなかった。気がついたときには食器棚にたたきつけられていた。衝撃で扉が開き、中にあった食器が落ちて割れる。四季は衝撃と痛みにあえいだ。何が起こったのかすぐには理解できず、起き上がることもできない。

「やっと捕まえたぜ、クソガキ」

「ぅ……」

鷲づかみにされた髪を引っ張られ、首がのけぞる。男が四季の顔をのぞき込んだ。一郎だ。

「あんた……」

「痛い目見たのはテメェだったみたいだな。あ?」

「どうやって……っ」

「詰めが甘いんだよ。あんな高さ、ふたりいれば簡単に上ってこれるっつーの」

四季は歯を食いしばって一郎の手に爪を立てた。一郎はそんな些細な抵抗を鼻で笑い、四季を引きずって歩き出す。

「大人を甘く見んな」

無造作に投げ捨てられる。ぶつかった椅子が派手な音を立てて倒れた。いつの間にか食堂まで連れ出されていたらしい。

「っ、ゲホッ」

「今日、院長はいねえんだって?　帰ってきてガキどもが死んでたらどんな顔するだろうな?　ん?」

「クズが」

「そーだよ。そんな人間に喧嘩売って、ただで済むと思ったのか?」

「……」

四季はキッと一郎を睨みつけた。男は歪《いびつ》に笑い、しゃがみ込んで四季の顎《あご》を掴んだ。

「お前見込みあるよ。こんなしょぼい孤児院なんかじゃなくて、うちに来るか? 土産はそうだな。この土地と院長の命ってことで——」

男に唾を吐きかけて、四季はフンと鼻を鳴らした。

「お前らの仲間になるくらいなら、死んだ方がましだ」

頬についた唾を拭《ぬぐ》い取り、男はハッと短く笑った。

「……ああ、そうかい。じゃあ死ねよ」

男の手が四季の細い首を掴む。ギリギリと締め上げられ、息が詰まった。

(先生、藍参、みんな……)

意識が遠ざかっていく。終わりを覚悟した瞬間、ゴン、と鈍い音が響いた。首を絞めていた手に引きずられて横に倒れる。目の前に白目を剥いた男の顔があってぎょっとした。

「っ、ゲホッ、ゲホ! なん……?」

「はあ、はあ……四季」

涙のにじんだ目を瞬かせて身体を起こす。大きな鉄のフライパンを持った藍参が、肩で息をして立っていた。

「藍参……?」

「だ、大丈夫? 四季」

「だって、四季が危なかったから必死で……わあ！」

倒れた男の顔を見た藍参は、悲鳴を上げてフライパンを落とした。

「し、死んじゃったかな？　四季」

ぴったりと腕にしがみつく藍参の体温を感じながら深く息をつけば、同時に笑いが込み上げた。四季を守るためにがむしゃらに重たいフライパンを振り抜いたのだろう。

「ハッ……やるじゃん、藍参」

「わ、笑ってる場合じゃないよ！　死んだ⁉」

「知らない。死んでたら庭に埋めるから平気だよ」

「駄目だよ！　どうしよう……四季、確かめて」

「自分でやりな」

「やだ！　怖い！」

藍参は四季の背中に隠れる。四季は痛む喉を押さえて笑った。

「お前が殴ったんだろ？」

「だって、だって！　四季が！　っ、あいつ、死んだかなぁ⁉」

「かもな？」

「やっぱり死んじゃったんだぁ！」

うわぁん、と泣く藍参に四季は声を上げて笑った。

「死んでないよ、泣き虫。ほら、起きる前に縛るから手ぇ貸して」

「お前、なんで……」

グズグズと鼻を鳴らす藍参の手を借りて、四季は一郎を縛り上げた。安心するのはまだ早いと、最初に一郎と三郎を落とした穴を確認する。ひとりで穴の中に残されていた三郎が四季の顔を見るなりわめきだしたため、笑顔で手を振って床を閉じてきた。

「あー、疲れた」

罠も解除し、二郎と四郎も身動きがとれないことを確認した四季は、思わずその場にしゃがみ込んだ。もう一歩だって動きたくない。

「大丈夫？　四季……怪我してる！」

ランタンを持ち、子供たちにもう大丈夫だと伝えに行っていた藍参は、改めてボロボロの四季の姿を明かりの下で見て悲鳴を上げた。

「ああ……ほんとだ」

腕の傷から血が出ている。多分、割れた皿の破片で切ったのだろう。興奮していたせいか気づかなかった。そちらの傷よりも、絞められた首の方がよほど違和感を訴えてくる。

「大変！　紅ちゃん、救急箱持ってきて！」

「分かった！」

ハキハキとした紅子の声が遠くから聞こえた。

「平気だって、このくらい。そんなことより、なんで呼ぶ前に出てきたんだよ」

「心配だったからだよ！　言ったでしょ、僕も手伝うって。四季がみんなを守るなら、僕が四季を守るんだ！」

ぽかんと四季は藍参を見た。藍参は鼻息を荒くしている。とっさにどう返していいか分からずに、四季は真っ直ぐな藍参の目から視線をそらした。

「……泣き虫のくせに」

「でも、最後のひとりをやっつけたのは僕だよ！」

「そのあとピーピー泣いてたじゃん」

「そうだけど……でも、僕はちゃんと四季の親友でいたいから」

「……あっそ」

耳が熱い。四季はぷいっとそっぽを向いた。その視線の先には、隠れ部屋から出てきた子供たちに小突かれる一郎の姿があった。


夜もまだ明けないうちに、男たちは警察に引き渡された。柊吾と紅子が隣の家に駆け込み、警察を呼んでもらったのだ。ごろつきたちは最後まで毒づきながら連行されていった。

（疲れた……）

警察とのやりとりは他に色々あったが、全ては院長が帰ってきてからということになった。孤児院の前には見張りの警官がいて、身の安全は確保されている。片付けなどは一眠りしてからやることにして、みんなと共に布団に横になったが、眠気は一向に訪れなかった。

（眠れない……）

身じろぎをすれば、身体のどこかがいちいち痛んだ。特に絞められた首と、怪我をした腕が疼《うず》くような痛みを訴えていた。

（痛い……）

腕を抱えて丸くなる。背中に誰かの背中が触れた。隣で眠っているのは藍参だ。薄い着物越しに触れる温もりに、少しずつ緊張が解けていく。

目が覚めたときには、部屋の中は明るく、四季が眠っている以外の布団は全て畳まれて、もう誰もいなかった。夢と現実の境界が分からずにぼんやりしていると、遠くから賑やかな声が聞こえてくる。階段を下りて食堂に顔を出せば、みんなが後片付けをしている最中だった。

「あ！　四季おはよう！」

「四季兄ちゃんおはよ！」

「もうお昼だよ、四季兄！」

みんなの笑顔にホッと笑う。昨日の出来事は、彼らの心に影を落とさずに済んだようだ。

「四季、怪我は大丈夫？」

こっそりと藍参が耳打ちしてくる。痛みはあるがこのくらいなんてことはないと頷いた。

「さあ、お前ら！　先生が帰ってくる前に片付けするぞ」

もうやってるよ、とそれぞれが笑いながら口にする。ドタバタと大きな足音が聞こえてきたのはそんなときだった。

「四季！　藍参、みんな……！」

息せき切って駆け込んできた院長にみんなが目を丸くする。院長は食堂の戸口に立って、ぽかんとする子供たちの顔を見渡した。

「君たち……」

院長はもどかしそうに言葉を詰まらせている。夜中に騒動を起こした後ろめたさもあり、それぞれがそわそわと視線を交わし合う。藍参が四季の右側にぴったりとくっつきながら、院長におずおずと声を掛けた。

「先生、怒らないで」

「俺たち悪いことなんて――」

四季が最後まで言えなかったのは、藍参と共に院長に抱き締められたからだ。

「よかった……君たちが無事で……知らせを聞いたときは心臓が止まるかと……」

院長の身体が小さく震えていた。声は今にも泣きそうだ。

「せんせ……っ、せんせぇ……」

四季の隣で藍参が泣いた。連鎖するように子供たちが泣きながら院長にしがみつく。

「……」

その中でただひとり、四季は唇を嚙み締めて涙を堪《こら》えていた。


院長が倒れたのは、翌年の夏の終わりのことだった。

「先生！」

藍参とふたりで運んだ先生の身体は、怖いほど軽かった。最近痩せたとは思っていたが、これほどとは思ってもみなかった。

「先生、ちゃんと食べてる？」

「藍参……大丈夫ですよ。大丈夫」

目覚めた院長は寝台に身を起こし、四季と藍参に微笑んでみせる。寝台の端に座った四季は強く布団を殴った。

「大丈夫じゃないだろ！　先生がみんなに自分のご飯分けちゃうの、知ってるんだからな！」

「僕たちは大丈夫だから、ねえ、先生」

院長は四季と藍参の頭を撫でた。

「育ち盛りの君たちにたくさん食べさせてあげたいんですよ。元気で健康な子なら、きっといい里親が見つかるはずです」

「でも、全部無駄じゃないか！」

衝動的《しょうどうてき》に叫んで、四季は歯を食いしばった。

この一年、孤児院は貧しくなる一方だった。元々余裕があるわけではなかったが、さらにだ。これまで受けていた国からの援助金が大幅に減ったためだった。院長が以前燈京に行ったときに会ったという友人からの支援がなければ、一年も持たなかっただろう。

不幸はそれだけではなかった。街の人々の孤児院に対する態度が変わった。これまでは親切な人が食料や古くなった着物のお下がりをくれたりしていた。細々とした仕事を任せてくれて、賃金を貰うこともあった。けれど今は、買い物に行って売ってくれれば幸いだったと喜ばなければならない。

それもこれも全て、一郎たち悪党の仲間のせいだった。街で幅をきかせるならず者たちが、街の人々に暴力で圧力をかけたのだ。最初はこっそりと融通《ゆうずう》してくれていた人たちも、皆酷い目に遭ったと聞く。

そんな状態では、孤児院の子供たちと院長が食うに足る食料など手に入るはずもなかった。職員たちもいつの間にか来なくなった。四季と藍参が遠い街まで足を運んで手に入れた食料と、猫の額ほどの庭にある菜園のジャガイモで今は命をつないでいる。

一番年下の幸はお腹が減ったと泣いていたが、最近ではその元気もない。充と夏音は泣かずに我慢しているが、それは下に幸がいるからだ。清太と桃輝はお腹が減らないようにと、じっとしている。万葉と紅子と柊吾は毎日あちらこちらに頭を下げて、食料や衣服を分けてもらえるよう頼み込んでいるが、何も得られない日の方が多かった。

危機感を抱いた院長は、必死に里親を探したが誰も見向きもしなかった。

「誰も助けてなんてくれない……」

みんな我が身がかわいいのだ。わざわざ災いを招こうという物好きはいなかった。

「先生がいなくなったら、俺たちどうすればいい？」

「先生……」

尋ねた四季の隣で藍参がぽろぽろと涙をこぼしている。四季も泣きたかったが、拳を握り締めてこらえた。

「俺たちには先生が必要だよ。だから、ずっと元気でいてくれなきゃだめだ」

「大丈夫ですよ。そう簡単に人は死にません。君たちが巣立つのを見送るまでは、死ねませんからね」

「本当？　先生、約束だよ？」

藍参が小指を差し出せば、院長も痩せ細った小指を差し出した。

「ええ、約束です」

——そのとき、四季《じぶん》はどんな顔をしていただろう？


院長と指切りをしてから、そう日も経たないうちのことだった。

「——約束だって、言ったのに！」

秋も深まり、枯れ葉散る道を四季はひた走った。満足に食べていないのだ。体力なんてほとんどない。それでも、自分が走らなければ、大切な人が死んでしまう。

四季は必死に医者の戸を叩いた。

「お願いです、先生を診てください。風邪を引いてからもうずっと熱が下がらなくて、咳《せき》も止まらなくて、今日は意識もなくて……！」

「悪いけど、あの孤児院だろう？　他を当たりなさい」

医者ですらこのありさまだ。診てくれないなら薬だけでも売ってほしい。薬が駄目なら、精を付くものを食べさせたい。それでも駄目ならせめて、リンゴの一つだっていい。

「悪いけど——ねえ？」

いつもいつも。その言葉はもう聞き飽きた。

「っ、じゃあ、死ねばよかったのかよ！」

夕暮れの繁華街の真ん中で、四季は叫んだ。そらされていた人々の目が一斉にこちらを向く。

「あいつらに殺されてればよかったのか？　俺たちみたいな孤児はどこで死んだってかまわないって？　誰に殺されたってどうでもいいって？　俺たちが何したんだよ！　『悪いけど』って、そればっかり……見殺しにされるほど悪いことしたのかよ！」

　哀れみの目、蔑《さげす》みの目、そんなものはもううんざりだ。

「もういい……お前らにはもう何も頼まない！」

　四季は近くの青果店に駆け寄った。

「あ、こら！」

　四季はリンゴを持てるだけ抱えた。追いかけてきた店主が手を伸ばす。四季はただがむしゃらに走って、その手を逃れた。

「この泥棒！」

「おやめよ。盗まれたんなら、言い訳も立つってもんだろうさ」

　そんなやりとりが背後でされているのも知らず、四季は孤児院へと必死に走った。

　夕暮れの空は恐ろしいほど赤く染まっている。その不気味さに、四季の胸の中で不安が膨らんだ。

（はやく、はやく――）

　孤児院までの道が、気が狂いそうになるほど遠かった。心臓が潰れそうなほど懸命に走って、四季は孤児院に駆け込んだ。

「先生！」

　きつい西日が、院長の寝室に差し込んで、部屋の中を真っ赤に染めていた。

「はあ、はあ……先生？」

子供たちが寝台の周りに縋って泣いている。キンと耳鳴りがしてよく聞こえない。

「四季……」

藍参が立ちすくむ四季に気がついた。目を真っ赤に腫らして、鼻水をすすって四季のもとへと小走りにやってくると、縋るように抱きついた。

「四季、先生が……先生がっ！」

ゴトゴトと抱えていたリンゴが落ちる。

（……嘘つき）

簡単に死なないって言ったくせに。巣立つのを見守るまで死ねないって言ったくせに。

「四季……」

藍参が泣いている。四季に気づいた子供たちが集まって縋り付く。

（先生の嘘つき）

もうとっくに治って跡形もないいつかの傷が、酷く痛んだ気がした。


院長の葬儀は、孤児院を支援してくれていた院長の知り合いが執《と》り行った。誰に聞いて知ったのかは分からない。そんなことを考える余裕もなかった。

「宇緑さんはみんなに好かれていたんだね」

いつでもみんなが見えるようにと院長の位牌《いはい》は食堂に置かれることになった。その前でぽんやりとしていた四季に声を掛けたのは、院長の知り合いだ。

四季は彼に一瞥《いちべつ》をくれて、食堂をぐるりと眺めた。集まった子供たちは、院長が死んでからずっとすすり泣いている。涙のひとつもこぼれない自分は、薄情者なのだろう。

「君が……宇緑四季くん、かな？　宇緑さんと名字が同じだけれど……血がつながっているのかい？」

「違う」

つながっていたら、どれだけよかっただろう。本物の父子《おやこ》だったなら、誰に何の気兼《きが》ねもなく、父さんと呼べたのに。

「……これからの、ことなんだがね。宇緑さんは僕に、自分に何かあったときは君と話をするよう言っていたのだけれど、何か聞いているかな？」

「聞いてない」

「そうか……宇緑さんは僕に後のことを任せたんだ。だから、これからは僕がこの孤児院を引き継ごうと思うんだけれど、構わないかな」

「……先生が決めたなら好きにすれば」

「ありがとう。では早速なのだけれど――」

「四季」

いつ来たのか、藍参が四季の手を握る。院長の知り合いはそっと離れていった。

「……僕、あの人のこと、好きじゃない」

四季にだけ聞こえるように小声で言う。四季は藍参の拗《す》ねた顔を横目で見て、院長の位牌に視線を戻した。

「今日は泣いてないんだな。泣き虫」

ふたりはただ横に並んで、立ち上る線香の煙を見ていた。寒くて寒くて仕方がないのに、つないだ手だけが温かかった。

「泣かない。泣くもんか。だって、僕まで泣いたら、四季が泣けないもの」

「何だよ、それ。関係ないよ、そんな――」

不意に、視界がにじんで揺れた。瞬きを繰り返せば晴れて、またすぐににじむ。

「……あれ？」

「……」

ぎゅっと四季の手を握る藍参の手に力がこもった。瞬きをするたびに涙がぽろぽろとこぼれていく。

「何これ、こんな……」

喉の奥で震えた声が詰まった。藍参は黙ったまま、なお強く四季の手を握り締める。

「……痛いよ、藍参……」

「うん」

「痛い……」

痛い。涙があふれて止まらないほど。

四季は藍参の手を握り返した。声を押し殺して泣く四季を、藍参もまた涙に濡れた顔で抱き締めた。

※　※　※

新和十八年二月――。

夕闇の中、慰霊碑の前にひとりたたずむ四季を見つけ、清硫《せいりゅう》十六夜《いざよい》は首の後ろに手を当てた。

わざと足音を鳴らして近づいても、四季は振り返りもしない。

「墓参りには花のひとつも持ってくるもんだぜ？」

ちらりと見た横顔にはどんな感情もなかった。長い時間ここにいたのだろう。夜目《よめ》にも顔色の悪さが見て取れた。

十六夜は慰霊碑の前にしゃがむと、数ある花束の中に持ってきたそれを置いて手を合わせる。

「墓じゃない」

きっぱりとした声に十六夜は目を開けた。

「こんな場所、墓じゃない。ここには誰も眠ってない。慰霊碑なんて……そんなのはただの気休めだ」

そりゃそうだ、と心の中で同意しながらも、十六夜はよっこいしょと立ち上がる。

「それでも、お前さんはここに来てるじゃないか」

「……」

四季が鋭い視線を十六夜に向けた。肩をすくめて受け流せば、四季はふいっと踵を返す。

十六夜はやれやれと首を振った。全く、この年頃の子供は扱いが難しい。

「そうだ、おめっとさん。宇緑 四季純参位《じゅんさんみ》」

立ち去ろうとした四季が怪訝《けげん》そうに十六夜を振り返った。

「は？　純参位？」

「そ。この前、変な水飲んだろ？　あれ、純の志献官になるための最終賦活処置《ふかつしょち》。しばらく様子見てたけど問題なさそうってことで、今日からおまえも俺たち作戦部のお仲間だ。いやぁ、人によっちゃ苦しむこともあるってのに、なんともなくてよかったなぁ」

「あんた……なに勝手なことしてんだよ」

四季の目に怒りの炎が燃え上がる。まるで毛を逆立てた猫のようだと、内心で忍び笑った。

「ホントなら混四位《こんしい》でコツコツやってもらいたいとこだけど、今のお前さんを混の志献官にまぜるのは危ないし、お前さんみたいのを処遇保留で遊ばせておくのは惜しいって」

「誰が言ったんだよ、そんなこと」

「お兄さんが笹鬼《ささき》司令に推薦しちゃった～。これでも、勤続十五年のベテランさんだから。結構聞いてくれるのよ」

へらりと笑ってみせれば、四季は盛大に顔をしかめて舌打ちをした。

「何がお兄さんだよ、クソッタレ。地獄に落ちろ」

「この世こそが地獄さ。知ってるだろ？」

四季はぐっと口を結んで背を向けた。

「……あんた、絶対碌《ろく》な死に方しねぇよ」

足音も立てず、四季は夜の闇へと消えていく。

やれやれ、と首を振った十六夜は懐から煙草とマッチを取り出し、慣れた動作で火をつけた。

「――そうであることを願うよ」

煙草を挟んだ手の下で、皮肉に笑う。

ふぅ、と吐き出したのは、煙か、それとも凍えた吐息か。頭上では、雲ひとつない夜空に星が瞬いていた。


（終わり）

断章―参―　安酸栄都の残影

新和《しんわ》十八年、冬――。

夕方の商店街を、火色の髪の少年が錆《さ》び付いた自転車を押して走っていた。軽やかに息を弾ませて、空気の冷たさのせいで鼻も頬も赤い。

安酸《やすかた》栄都《えいと》は提灯《ちょうちん》を持って店の前に立つ人影を見つけると、大きく手を振った。

「叔父さん！　ただいまー！」

「おう、栄都。お帰り。遅かったな、ってどうした？　自転車乗らないで」

「途中で自転車パンクしちゃったんだ。ごめんなさい」

叔父は片眉を上げると、しゃがみ込んでタイヤに提灯を近づけた。後輪がぺしゃんこに潰れてしまっている。

「ありゃ、ホントだ。謝ることないよ。こいつもだいぶ年季が入ってるからな。今度直しておいてやるよ」

店の奥からは夕飯のいい匂いが漂ってくる。煮物の匂いだ。栄都の腹がグゥと鳴った。

「はは！　元気な腹の虫だなぁ！」

「だって、急いで帰らなきゃってすげー走ったもん」

冬はすぐに日が暮れるから、余計に早く帰らなくてはと急いだ。その甲斐もなく、辺りはすっかり暗くなってしまったけれど。

「遅いから提灯持って外で待っててやんなって、俺も嫁さんに尻蹴られちまったよ」

「ありがと。叔父さんの提灯見えて、すっげー安心した！」

叔父はカラカラと笑うと、栄都の頭を大きな手で遠慮なく撫《な》でた。

「俺は表閉めるから、お前は中入りな」

「はーい」

自転車を店の脇に置き、奥へと向かう。狭い店舗には所狭しと提灯が並ぶ。奥は作業部屋だ。叔父は提灯職人だった。

作業場を通り抜けて台所をのぞき込めば、叔母が忙しそうに夕食の準備をしていた。

「叔母さん、ただいま」

割烹着《かっぽうぎ》姿の叔母は振り返ると、目尻にしわを寄せてくしゃりと笑った。

「ああ、栄都ちゃんお帰り。もうすぐご飯だよ。手ぇ洗っておいで」

「はーい」

夏の終わり頃から栄都は父方の叔母夫婦が営む提灯屋の二階に部屋を借りて下宿している。部屋に向かう前に階段下の洗面所に向かって手を洗った。水の冷たさに肩を竦《すく》める。トタトタと足踏みを止めないまま手洗いうがいをすませると、階段を駆け上った。

「ただい——うわ！」

部屋の襖《ふすま》を開けた瞬間、腹に何かがぶつかった。見下ろせば、薄い水色のつむじが見える。

「ただいま、七瀬《ななせ》。遅くなってごめんな」

「……」

こくりと頷《うなず》いた小さな頭をぐしゃぐしゃと撫でる。胴体にしがみついているのは、まだほんの五、六歳の少年だ。氷のような色をした髪は冷たそうに見えるのに、指に触れる温度は温かい。当たり前か、と心の中で呟《つぶや》いて、栄都はポンポンと七瀬の背中を叩いた。

「動くぞー」

腹に巻き付いた七瀬を抱えるように支えると、ゆっくりと部屋の中へと入り明かりをつける。カーテンが閉め切られた狭い畳の部屋には、箪笥《たんす》と小さな卓袱台《ちゃぶだい》、そして、畳まれた布団と敷かれた布団が一組ずつあった。

「今日は何してた？」

「……」

きっと寝ていたのだろう。敷きっぱなしの布団が、つい先ほど起きたばかりだというようにめくれ上がっている。前に叔父さんと叔母さんは、栄都がいないときはずっと寝ていると言っていた。

「夜ご飯だって。お腹減ったろ。食べに行こうか」

「……」

栄都の腹に顔を埋めたまま、七瀬は小さく首を振った。

七瀬と暮らすようになってからほんの一週間。声を聞いたのは、両の手で足りるほどの回数しかない。その貴重な一回が「ななせ」と名前を教えてくれたときだ。

七瀬がどこから来たのかは分からない。出会ったときは汚れてボロボロの格好をしていた。帰る家もないようだった。

最初、栄都と叔母は七瀬を警察に預かってもらおうとしたが、部屋から連れ出そうとしたときに七瀬が激しく嫌がった。その声があまりにも悲痛で、栄都と引き離されまいとする手の力があまりにも必死で、栄都は自分も下宿の身でありながら七瀬を置いてくれるように頼み込んだのだ。七瀬の分も頑張って働くから、と。

叔母たちは困り顔をしながらも、栄都がちゃんと世話をするならと許してくれた。

「じゃあ、いつもみたいにご飯持ってくるから一緒に食べよ。な？」

「……」

「オレお腹減っちゃった。七瀬もだろ？」

なかなか離れない七瀬を宥《なだ》め、敷きっぱなしだった布団を部屋の隅に寄せ、端に寄せていた卓袱台を部屋の真ん中に持ってきてから部屋を出る。今日は大変だったな、と思いながら階段を下りていくと、居間の方から叔父と叔母の話し声が聞こえた。

「――犬や猫じゃあるまいし」

うめくように吐き捨てる叔父の声に栄都は足を止めた。

「栄都ひとりなら構わんさ。だが、あの子は？　日がな一日寝続けて、栄都にしか応えない。俺らの言葉なんてまるで知らんぷりだ。薄気味が悪いったらねえよ」

「可哀想な子じゃないの。あんな小さな子を放り出せって？」

「放り出せなんて言ってねえよ。このご時世、孤児なんてごまんといる。施設にでも預けてやりゃ十分だろ。何もうちじゃなくたって」

「やめなさいって！」

叔母の鋭い声に栄都は肩を震わせた。足の裏が冷たい床にくっついたように動かない。深々とした叔父のため息を聞いて、栄都は唇を噛んだ。

「……義兄《にい》さんに頼まれたから栄都を預かってるが、うちだって楽じゃねえんだぜ」

「分かってる。でも、可愛い甥《おい》っ子じゃない。それに、借金苦で首括られるくらいなら預かってやろうってあなたも賛成したでしょ」

「そりゃそうだが……義兄さんも、人がよすぎるんだ。騙《だま》されて借金なんか……」

「やめてってば」

栄都はぎゅっと胸元を掴《つか》んだ。息苦しさに大きく息を吸う。

叔父も叔母も黙り込んだその隙を狙って、栄都は一歩踏み出した。ふたりはぎょっと目を丸くして、叔母が椅子から腰を浮かせる。

「叔母さん、お腹減ったー」

「栄都ちゃん、今の話……」

「話って？」

栄都は首をかしげて聞いていなかったふりをした。ふたりは気まずげに目配せをしたが、あからさまに安堵したようだった。栄都はそれにも気づかないふりで居間を横切る。

「今日も七瀬と一緒に部屋で食べるよ」

ちゃんと明るい声は出せただろうか。七瀬と自分の夕飯を器によそう指先が小さく震えた。

「えっと……あ、そうだ。栄都ちゃん、知ってる？　今日、新聞に面白い記事が載っててね」

「面白い記事？」

取り繕うように話しかけてくる叔母に相づちを打ちながら、視線は向けられなかった。

「栄都ちゃんと同じくらいの子たちが純の志献官《しけんかん》になったんだって。すごいよね」

「へえ、すごいね」

「栄都ちゃんは、検査で何にも出なかったんだっけ」

「うん。学校で受けたけど、何の因子もないって」

「そっか。兄さんもそうだけど、うちの男たちはみんなないもんね。純の志献官ってデッドマターと戦うんでしょう？　この子たちもなのかしらね。危ないことしなきゃいいけど」

「うん、そうだね」

栄都の様子がいつもと違うと叔母も感じていたのだろう。手元だけを見ている栄都の顔をのぞき込もうとしながら、新聞を見せようとしてきた。

「ほら、この記事だよ。見て、この子たち。あ、栄都ちゃんよりもひとつ年上だ――」

「ごめん、叔母さん。七瀬待ってるから、あとで見るよ」

「あ、栄都ちゃん……」

お盆にふたり分の料理を載せて足早に部屋へ戻る。その間、栄都はぎゅっと唇を噛み締めていた。一段階段を上がるごとに込み上げる感情が、今にも口からあふれてしまいそうだった。

（オレだって……）

好きでここにいるんじゃない。

本当は両親のいる家に帰りたいし、友達とだって遊びたい。

でも、そんなこと言ったって仕方がない。少しでも実家の家計の負担を軽くするために叔母夫婦のもとに世話になろうと決めたのは自分だ。提灯作りは職人技を必要とする。栄都にできるのはせいぜい売り子くらいで、それだってずっと帳場に張り付いていなければならないものでもないし、叔母夫婦が作業の合間に対応するので十分だ。

叔母夫婦には転校して学校に行くよう勧められた。あと半年もないからと断ろうとしたが、今しかないのだからと言われて甘えさせてもらっている。ありがたく思いながらも、ただ世話になっていることには気が引けた。だから朝は早く起きて新聞配達をして、学校が終わればすぐに帰ってきて隣の酒屋の手伝いをしている。今日遅くなったのも、その配達のせいだった。

全て誰かに強制されたわけじゃない。自分で決めたことだ。それでも、時々――。

「……」

部屋の前で突然目の前がぼやけた。上を見て瞬きを繰り返す。吐き出した息は馬鹿みたいに震えていた。

「……どうしたの？」

そっと開いた襖の向こうから、光が漏れる。聞き逃してしまいそうなほど小さな声にハッとして見下ろせば、七瀬が不安そうに栄都を見ていた。栄都はゆっくりと首を振り、ニッと笑ってみせた。

「何でもないよ。冷める前に食べちゃお」

小さな卓袱台に煮物とご飯、味噌汁を置いて、並んで座る。七瀬は箸を鷲づかみにして握ると、皿を抱えるようにして縁に口を付けて食べ始めた。

『犬や猫じゃあるまいし』

不意に叔父の言葉が脳裏をよぎる。今日の昼食までは仕方ないと思えたのに、ささくれだった心にはそんなことさえ引っかかった。

「――七瀬、そうじゃないよ。箸の使い方教えたろ？」

「……」

ちらりと感情のない眼差《まなざ》しが栄都を見た。ただそれだけだった。箸を握り込んで、ご飯もおかずもぽろぽろとこぼす。苛立《いらだ》ちが腹の底に生まれた。

「七瀬、違うって。箸の持ち方は」

小さな手を開き、正しく箸を持たせようとする。七瀬はむずがるように嫌がり、箸が落ちて転がった。

「っ、七瀬！」

「！」

びくりと肩を跳ねさせて七瀬が逃げる。あっという間に布団にくるまって、可哀想なほど震えていた。

「っ、ごめん。七瀬。大きな声出してごめん。ごめん、オレ――」

急にあふれた涙が、あっという間に畳の上に落ちた。栄都は慌てて涙を拭った。こんな小さな子に当たるなんて、格好悪い。

「……なあ、七瀬、聞いてくれる？　今日さ……今日、すげーヤな日だったんだ」

朝から酷い一日だった。寝坊はするし、いつもより新聞の配達が遅いとおじいさんには怒られる。休日を利用して提灯作りを習ってみても、失敗ばかりで材料は無駄にしてしまうし、酒屋の配達先の飲み屋の大将には注文と違うと怒られて出直さなくてはならなかったし、自転車のタイヤはパンクするし、叔母夫婦の本音を聞いてしまったし。

「あれ……寝坊と失敗は自分のせいか」

空笑いを浮かべて、ぐいぐいと涙を手のひらで拭っても、頬が痛くなるばかりで涙は止まらない。どうしようもなくて膝を抱え、天井を見つめた。布団からもぞもぞと出てきた七瀬がぴたりと栄都の横にくっつく。

「げんきだして」

「……はは。うん。大丈夫。ちょっとだけ弱々になっただけだから」

「よわよわ」

「そう、弱々。お腹いっぱい食べて、ぐっすり寝たら、明日には元気になるよ」

「……ん」

こくんと頷く七瀬の頭を撫でて、改めて卓袱台の前に座る。拾った箸を拭いてやりながら、栄都はふと気づいた。

「もしかして、箸大きい？」

叔母夫婦に子供はいない。栄都が住むと言っても子供用の箸を用意してくれたりはしなかった。栄都はそれでも大丈夫だったが、七瀬の小さな手にはだいぶ長いかもしれない。

「うわ、ごめんな！　気づかなかった」

「へいき」

「明日、七瀬の箸買ってくるよ。そしたら、また練習しような」

「うん」

ただ頷くだけではなく、しっかり返事までしてくれる。栄都は込み上げるむずがゆさに笑み

をこぼして、七瀬の髪をくしゃくしゃとかき回した。

「今日は七瀬の声いっぱい聞けて嬉しいな。ヤなこと全部吹っ飛んじゃうみたいだ！」

「……ほんと？」

「本当だって！　せっかく一緒にいるんだから、声聞きたいよ」

七瀬はパチパチと瞬きをすると、自分の喉を撫でて頷いた。

「……うん」

七瀬の表情は相変わらず動かない。それでも、七瀬と出会って一週間。ようやく少し歩み寄れた気がした。


翌日、栄都は下校中に、早速七瀬の箸を選びに商店街の生活雑貨店をのぞいた。

「どれがいいかなー」

子供用の箸は目移りするほどたくさんあるわけではなかったが、たとえふたつしか種類がなくたってきっと迷いに迷っただろう。

「んー……わっかんないな。連れてくればよかった」

そうは言っても、七瀬は出たがらない。外をとても怖がっているのだ。同じ商店街にある店だから一緒に行こうと言ってみたが首を振るばかりだった。

「……よし、これにしよ」

お店の人と話をしながら、軽めの箸を選ぶ。七瀬の小さな手を想像して、これなら大丈夫そうだと栄都は頷いた。

「七瀬、喜んでくれるかな」

無表情な七瀬がこれで少しでも微笑んでくれればいい。想像して栄都の顔にも笑みが浮かんだ。ここのところ、気を抜くと落ち込んでしまう気持ちがふわっと軽くなったようだ。

「あ、やば！　早く帰らないと！」

このあと、酒屋の配達があるのだ。店を出て走り出そうとしたが、栄都は足を止めた。

「……ん？」

なんだか息苦しい気がする。胸元をさすりながら何度か深呼吸を繰り返す。苦しいだけでなく、少し痛いような……。

「気のせい？」

息苦しさも胸の痛みもすぐに消えていく。何だったんだろうと首をかしげた。今日は一段と冷え込みが厳しいからかもしれない。それ以上特に気にすることもなく、栄都は駆け足で提灯屋へと戻った。

お帰り、と言いながら作業を続ける叔父にただいまと返し、栄都は階段を駆け上がる。

自室の襖をスパンと開ければ、部屋の隅で七瀬が小さくなっていた。

「七瀬？　どうした？」

「……なんでもない」

七瀬はほっとしたように息をつき、とことこと近づいてきて栄都に抱きつく。栄都が帰ったら抱きつくという流れが、習慣になってしまったようだ。

「七瀬七瀬、これなーんだ？」

「これ？」

「正解は……七瀬のお箸でーす！」

持ち手が青く塗られている箸を差し出して左右に振れば、七瀬の目もそれを追って左右に動いた。

「これで、一緒にお箸持つ練習しような」

「ぼくのおはし」

「そうだよ。七瀬のお箸」

七瀬は不思議そうに箸を握る。しっかり選んできただけあって、箸は七瀬の手にぴったりだった。

「栄都ちゃん、お店お願い！」

「あ、はーい！　じゃあ、行ってくるな」

「うん」

その日から、七瀬は箸を持つ練習を嫌がらなくなった。少しずつではあるが上達していくのが見て分かる。そんな七瀬の姿に、栄都も負けていられないと思った。今いる場所で一生懸命生きることが、栄都にできる全てだ。

そんなふうに過ごしているうちに、あっという間に年を越してしまった。栄都は、年末年始を七瀬と共に叔母夫婦の元で過ごし、両親の元へは帰らなかった。

七瀬のことをどう説明すればいいか分からなかったし、そもそも七瀬は外へ出るのを嫌がっている。ひとりで帰ればと、叔母たちに勧められたが、栄都がいなければ七瀬は食事も取らないのだ。両親に会ったら日帰りというのも寂しいし、七瀬をひとりで残してはいけなかった。

一月も半ばになり、寒さは一段と厳しくなっていく。栄都は襟巻きに顔を埋めながら、叔父が直した自転車を軋《きし》ませて配達帰りの道を急いだ。

「はあ……はあ……」

何かがおかしい。胸が苦しくて、うまく息ができない。口元の襟巻きのせいかと顔を出しても息苦しさは変わらなかった。何か大きな塊が肺の中にあるような、痛みを伴う違和感を咳《せき》で吐き出そうとしても、余計に苦しくなる。

（オレ、どうしちゃったんだよ……）

ふらふらと自転車から降りる。ここのところずっと、胸に不快感があった。けれど息苦しさも痛みもすぐに引いたから、なんでもないのだと自分をごまかしていた。

（大丈夫、いつもなら、もう……）

「はっ……はっ……っぁ」

自転車が派手な音を立てて倒れる。

呼吸をしようとすればするほど、何も吸えないし、何も吐き出せない。まるで溺れているようだ。苦しさに涙があふれた。痛む胸をかきむしりながらうずくまり、激しく咳き込んだ。

「きみ、大丈夫か？　おい？」

駆け寄ってきた通行人に応えることもできず、地面に爪を立てた。目の前がどんどん暗くなっていく。

（あ、オレ――）

死んじゃうんだ。

「あんた……ちょっと、栄都ちゃんじゃないの！　誰か、提灯屋の奥さんを――」

周囲が騒然とする中、栄都は息苦しさと胸の痛みにただうめくことしかできなかった。


「うーん……何の異常もありませんね」

栄都が担ぎ込まれた町の診療所で、医者は首に聴診器を戻しながら言った。

「本当ですか？　あんなに苦しんだのに」

「過呼吸のようにも思えますが――最近何か暮らしの変化などはありませんでしたか？　お母さん」

「あたしはこの子の叔母です」

きっぱりと言った叔母に医者は分厚い眼鏡の奥で瞬きをした。

「ご両親はご健在で？」

「当たり前です！」

「あー……失礼。デッドマターでご家族を失っている方も少なくはないので」

「あ……」

すみません、と謝る叔母に、医者はいえいえ、と首を振った。

「一度、大きな病院で受診するのをお勧めします。ここではどうしても検査に限界があるので」

「……分かりました。ありがとうございます」

「お大事に」

診察室のベッドに座ってふたりのやりとりを見ていた栄都は、叔母に手を引かれて診察室を出た。

「叔母さん、倒れたってこと、父ちゃんたちには言わないで」

「そういうわけにはいかないよ。七瀬ちゃんのことだって言わないでおいてるのに」

「でもオレ本当にもう大丈夫だから！　父ちゃん母ちゃんに心配かけたくないんだ。叔母さんたちには、迷惑かけちゃってるけど……ごめんなさい」

「栄都ちゃん……」

待合室で待つ間、叔母は考え込むように額を押さえると、ゆっくりと首を振った。

「……今回だけだよ。次に何かあったときは、すぐに知らせるからね」

「うん、ありがと！　多分、寒いから苦しくなっちゃったんだと思うんだ。暖かくなればこんなの治っちゃうよ！」

「そう？　まだ一月だし、これからどんどん寒くなるから、気をつけないとね」

「うん！　オレめちゃめちゃ気をつける！」

良かった、とほっと胸を撫で下ろしながら、栄都は大きく息を吸う。

（――ちょっと苦しいけど、大丈夫）

病は気から、そんな言葉を聞いた覚えがある。大丈夫、大丈夫だって思っていれば、きっと大丈夫になるはずだ。

それからしばらくは、栄都は学校に行くのも許されなかった。当然、新聞や酒屋の配達の仕事もだ。倒れたのだからゆっくり養生するように、と叔母は厳しく言いつけた。もう平気だと登校しようとして軽い発作を起こしてから、何をするのも許してくれない。店番くらいなら手伝えると言っても、栄都に何かあったら両親に合わせる顔がないのだと言われては、引くしかなかった。

「ひーまー」

部屋の中は白い息が出るくらい寒い。食事を取ったり小用を済ませたりする以外の時間を布団にくるまって過ごしているが、いい加減、休むのにも飽きてしまった。

そもそも、栄都は休むことに向いていない。

叔母の家に来るまでの栄都は、学校の友達と放課後も限界まで遊び続け、休みも連れだって遊ぶほど外に出る子供だった。叔母の家に来てからは新しい友達と遊ぶ暇もなく、とにかく忙しく働いていたのだ。ぽっかりと空いてしまった時間を持て余す。幸いなのは、ひとりぼっちではないことだろう。

「七瀬、何かして遊ぼっか」

猫のように栄都の布団の中に頭まですっぽり潜り込んでいる七瀬をのぞき込む。七瀬は不思議そうに栄都を見上げた。

「遊び、あんまり知らない？　って、オレも家ん中の遊びってよく分かんないや。トランプとか？　ふたりでやるのもなぁ。みんなで遊びたいよな」

七瀬が話さないから、自然と栄都ひとりが話すことになる。それでも、虚《むな》しい気持ちにならないのは、七瀬が一言も聞き漏らすまいと耳を傾けているのが分かるからだ。

「あ、しりとりとかする？　七瀬、しりとり分かる？」

「……分かんない」

「そっかー」

七瀬の声をたくさん聞きたかったなと思いながらも、あまり話さない七瀬には難しいかなとも思う。言葉をたくさん知らないとつまらないだろう。

「んー……、あやとりは？　教えてあげるよ！　……って、紐がないか」

前の学校に通っていたとき、クラスで流行ったことがあった。ひとりあやとりをどれだけ速くできるかを競って、指がこんがらがったのを覚えている。

「……暇だなぁ」

思い出したらなんだか寂しくなってしまった。栄都の周りでは、いつだって笑顔が絶えなかったから、狭い部屋で笑わない子とふたりきりは静かすぎる。

「七瀬……まだ外出るの嫌？」

七瀬はパチパチと目を瞬かせた。栄都は勢いを付けて身体を起こす。布団の外の寒さに身震いをした。少しだけ肺が痛んだ気がしたが、それが普通になっていた。

「ちょっとだけ外出ない？　この辺のこと、案内してあげる」

「……」

七瀬はふるふると首を振る。やはり行きたくないのだろう。

「なら、オレひとりでちょっと出てくるから、叔母さんたちには内緒な？」

家にこもりきりなんて、もううんざりだ。寝込んでいたらどんどん悪くなってしまう。今の時間ならふたりとも店の方にいるから、裏口を使えばバレずに抜け出せるだろう。

「でも……」

「大丈夫だよ。すぐ戻るから」

思いついたら動かずにはいられない。栄都は早速防寒着を着込む。その間も七瀬は不安そうに栄都を見ていた。

「じゃ、行ってきます！」

「ぼ、ぼくも」

「行く？」

こくこくと頷く七瀬に、栄都は七瀬も暖かくしなくちゃと箪笥を振り返った。七瀬を連れてきたときに栄都が近所の人にもらって回った服がある。少し大きな綿入れを七瀬に着せて、襟巻きを巻こうとしたところで嫌がられた。

「首寒くない？」

「いらない」

「そう？」

こんなにきっぱり嫌がるのなら無理に巻くのも可哀想だ。寒くなったら栄都が巻いているのを渡してやればいい。こっそりと部屋を抜け出した栄都は、裏口で途方に暮れた。

「しまった……七瀬、靴がないや」

着る物は集めたけれど、履物までは気が回らなかった。

「……じゃあ今日はおんぶしてあげる。靴を買いに行こう」

ただぶらぶらするだけだったが、目的があったほうが楽しみも増える。お金はあまり持っていないが、なんとかなるだろう。

「よっと……七瀬、ちょっと重くなったなー」

七瀬を背中に乗せた栄都は思わず笑った。出会ったばかりの頃の七瀬はびっくりするくらい軽かった。最初はお茶碗半分も食べられず、今も残すことが多い。けれど、箸の練習をするようになってからは残す量も減ってきた。その分、しっかり大きくなっているのだろう。

「重いとだめ？」

「ダメじゃないよ。七瀬が元気で嬉しいってこと」

ぎゅっと首にしがみつく七瀬を背負い直し、裏口を出る。

外の空気は家よりもキンと冷えて、栄都は小さく肩をすくめた。

「さむー。七瀬は平気？」

「……あったかい」

「オレもー。背中暖かい。靴屋さんすぐそこだから、ちゃんと掴まってろよ」

こくりと七瀬の柔らかな髪が頬に当たってなんだかくすぐったい。

「……ケホッ」

さあ行くぞ、と思っていれば小さく空咳が出た。このくらいいつものことだ。七瀬の靴を買ったら帰ろうと思いながら、足早に商店街を行く。

「ケホッ、ケホッ……」

「だいじょうぶ？」

「うん……ごめん、なんか……」

徐々に胸の不快感が広がっていく。一歩進む度に苦しさが増す。

（なんで……）

七瀬を支えきれずにしゃがむ。背中から降りて栄都の前に回った七瀬の裸足《はだし》のつま先が赤かった。

「ね、だいじょうぶ？」

うずくまる栄都の顔を七瀬がのぞき込もうとする。大丈夫だよと言ってやりたいのに、代わりに出てきたのはゴホゴホと痰《たん》の絡むような咳だった。

「ねえ？」

七瀬が不安げに栄都の服を摑んだ。倒れる栄都に、どうしたのと道行く人が寄ってくる。あの日と同じだ。初めて倒れたあの日と。

（苦しい……息が……）

「どうしたの？　ねえ、だいじょうぶ？」

七瀬が栄都を揺さぶる。栄都は縋《すが》りつくその小さな手を、握ってやることもできなかった。

病院のベッドで目を覚ます。ゆっくりと瞬きをして、栄都がまず感じたのは沈み込むような重たい疲労感だ。

(まだ、生きてる……)

最近、目覚めてすぐに思うことがそれだった。

七瀬の目の前で倒れてから、もう一月《ひとつき》が経つ。

あれから、栄都は総合病院へと連れていかれ、即入院となった。はっきりとした原因が分からないまま、日一日と病状は悪化している。担当医はあれこれと手を尽くしてくれているが、このままだと栄都は春を迎えられないかもしれない。

両親は叔母から連絡を受けてすぐにやってきた。叔母の家に下宿に行く前に会ったのが最後だ。そのときよりもずっとやつれていた。栄都が叔母夫婦に世話になったところで、生活が苦しいのだろう。それなのに、病気になって心配をかけてしまったことに心が痛んだ。

栄都に唯一できることといえば、心配する両親に大丈夫、頑張ると言うことだけだった。

(でも、どうせ生きられないなら……)

時折、頭をよぎることがある。

こんな大きな病院、入院するのも、治療するのもお金が掛かる。そんなことはこれまで病気知らずだった栄都にも分かる。それなのに、お金のことは気にしなくていいと両親や叔母夫婦は言う。その優しさが罪悪感になって毎日身体の中に溜まっていくようだ。

自分が一日生き延びればそれだけ、負担は増えていくというのに――。

「えーいと!」

物思いにふけっていた栄都はハッと顔を上げる。ノックもせず入ってきたのは前の学校の同級生たちだ。

「何だ、聞いてたより顔色いいじゃん。調子どう?」

「久しぶりー。元気だよ」

入院してしばらくしてから、友人たちが会いに来てくれるようになった。誰かから聞いたのだろう。両親が黙っていても、噂はどこかから漏れてあっという間に広がる。

「お前がいきなり学校やめるっていなくなったのもびっくりしたけど、入院したってのもびっくりしたよ」

「オレも。風邪ひとつひかなかったのにさ」

友人が数人集まって、部屋の中は一気に賑やかになった。個室でよかったと思う。

彼らは学校にいたときと変わっていなかった。馬鹿話をして、笑い合って、学校のことを話してくれる友人たちの存在は、ありがたいと同時に苦しくもあった。数カ月前、みんなで校庭を走り回っていた頃、こんなことになるなんてどうして想像できただろう。

「あはは!　……っ、ケホッ」

咳ひとつで、しんと病室が静まりかえる。友人たちの顔を見た瞬間、気づいてしまった。

(みんな、知ってるんだ。オレが死ぬってこと……)

どうりで、次から次へとお見舞いに来るんだと思った。

栄都は何でもないように笑った。

「何だよー、みんな変な顔しちゃってさ」

「だって栄都、お前……大丈夫？」

「大丈夫だって！　ホントに、結構元気なんだから」

「だ、だよな。栄都は元気だけが取り柄だもんな！」

「ひでー！」

肺の痛みとは別に、胸が痛んだ。無理にでも笑っていないと、泣いてしまいそうだった。ベッドの上と向こう側。たったそれだけなのに、彼らのいる場所にはもう二度と戻れないのだと突きつけられているようだった。

「それじゃ、俺たちそろそろ帰るな。無理させちゃ悪いし」

「うん、来てくれてありがと。退院したらまた遊ぼうな！」

「……ん。頑張れよ、栄都！」

「おう、頑張る！」

頑張れ、頑張れ――。みんな口々に言って病室を出て行く。火が消えたように静まりかえった部屋で、栄都は長く息を吐き出した。

でも、何を頑張ればいい？　医者も原因が分からないという病気を前に、苦しみに耐える他にどう頑張ればいいのだろう。酷くぐちゃぐちゃとした感情が一気に迫り上がってくる。

「頑張るよ……頑張る……」

「もういやだ……疲れた……」

握り締めた両手の上にポタポタと涙が落ちた。漏れ出そうになる嗚咽《おえつ》に、栄都はぐっと歯を食いしばり、膝を抱えた。

本当は大声でわめいて暴れてしまいたかった――いや、暴れたことならある。ただ、そのときは酷い発作が起きて死ぬほど苦しかったから、もうやらない。そんな体力もないほど、身体と心は弱っていた。

「……兄さま」

小さな呼び声に顔を上げる。すぐ目の前に黄色い花が一輪、差し出されていた。

「七瀬……」

「兄さま、元気出してください」

栄都は小さく鼻をすすり、ごしごしと涙を拭って花を受け取った。

「……これ、何て花?」

「知らないです」

七瀬はただ首を振る。栄都も詳しくないから、何の花かは分からなかった。

「いつもありがとな」

七瀬はこくりと頷くと、ベッドによじ登って栄都の隣にぴったりとくっついた。

栄都が倒れてからずっとこうだ。栄都に誰かの見舞いがあるとどこかに姿をくらまして、帰った頃に戻ってくる。その手にはいつも花が握られていた。

(最初は花じゃなかったんだよな)

入院した当初も、七瀬は元気になって、と栄都に白い石を差し出した。七瀬の手にようやく収まるくらいの、何の変哲もない小さな石だ。強いて言うなら、ちょっと目を引くような綺麗な石ということくらいだろう。

どうしてその石をくれたのかは分からなかったが、七瀬の気持ちは素直に嬉しかった。枕元に置いていたところ、いたずらだと思ったらしい看護師に捨てられそうになって慌てて取り返したのを覚えている。

大切な石なら持っているよう言って、七瀬に返した。七瀬が花を持ってくるようになったのはその頃からだ。窓辺には昨日持ってきた花が一輪挿しに飾ってある。

どうして花に変えたのかと聞いたら、見た、とだけ教えてくれた。病院に来る見舞客が、花を持ってくるのを見たのだろう。病院に来て、七瀬は色々なことを吸収しているらしい。

「兄さま？　どうしたですか？」

呼び方やたどたどしい敬語もそうだ。隣の個室に入院している栄都と同い年の少年を、彼の妹がそう呼んでいた。彼女も七瀬と同じ年頃の子供だ。

口調が移るくらいだから、栄都の病室にいないときにお世話になっているのかと微笑ましく思っていた。しかし、栄都の病室をのぞきに来た女の子が言うには、七瀬とは一度会っただけで、しかもすぐに逃げられたらしい。

それでも真似をしているのだから、七瀬の中に何かは残ったのだろう。距離が開いたようで少し驚いたが、七瀬がそうしたいのなら好きにさせることにした。

どうせもう七瀬にしてやれることなど、栄都には何もないのだから。

「なんでもないよ。七瀬、これも飾ってくれる？」

七瀬は頷くと、ぴょんとベッドを下りて一輪挿しに花を挿す。戻ってきた七瀬の頭を撫でて、栄都は静かに七瀬を呼んだ。

「七瀬、あのさ……」

「はい」

言葉は声にならず、唇だけが震えた。この先の言葉を言うのが怖かった。恐怖で心臓が苦しいくらいに跳ねている。

行き場のない七瀬を拾ったのは栄都だ。七瀬に栄都が死んだあとどうしたいか聞かなければならないのも栄都だった。

けれど、自分が死んだらどうするなんて、そんなことを聞いたら明日にでも本当になってしまうような気がして口に出すのも怖かった。

「オレ……オレ、っぐ」

息が詰まった。発作だ。胸の痛みにうずくまる。いきなり水の中に落とされたように息ができない。

「兄さま！　っ、誰か！」

七瀬が叫ぶ。すぐに誰か来るだろう。その短い時間が地獄のように長かった。

いっそ殺してくれと思う。次の瞬間には死にたくないと思う。早く楽になりたいと願い、もう終わりにしてほしいと祈る。

なんで自分なんだろう。こんなに苦しみながら、どうして生きていなくちゃいけないんだろう。

もういやだ。何もかも。苦しむくらいなら死んでしまいたい。

「兄さま！」

無意識に縋るように伸ばした手を、小さな手が力一杯握り締めた。今にも消えてしまいそうな栄都の命をつなぎ止めるように……。

発作のあとは、指先ひとつ動かすのも億劫《おっくう》なほどに疲れている。その疲れが癒えることはほとんどない。削られて、削られて、もうここが底だと思っても、まだ削られていく。

(——頑張ってるよな、オレ)

ぼんやりと天井を見上げながら思った。まだ生きているのがその証《あかし》だ。

窓の外を見れば、すっかり夕暮れだった。ベッドに寝かされた栄都の左側では、泣き疲れたように目元を赤くして七瀬が眠っている。ふと、栄都の手の中に硬くて小さな何かがあることに気がついた。この感触は、おそらく七瀬の石だろう。七瀬は栄都の手を包むように両手で握っていた。

その存在を確かめるようにゆっくりと手を動かしていれば、扉が控えめに叩かれた。

「栄都……起きてる?」

「……母ちゃん」

咳を繰り返したせいで声が酷く嗄《か》れていた。身体を起こそうとする栄都を制して、母は傍《かたわ》らの椅子に座る。

「お医者様がね、お話があるって。今大丈夫?」

「……うん」

ずっと大丈夫じゃない状態が続いているのだ。調子のいい時を探していては、いつまで経っても話は聞けない。

寝息を立てる七瀬が起きないか心配していれば、担当医と見たこともない男が部屋の中に入ってきた。眼鏡をかけた少し怖そうな男は、どこかの制服のような格好をしている。

「目が覚めたようだね、少し胸の音を聞かせてもらうよ」

医者の言葉に力なく頷けば、医者は聴診器を胸に当てた。ひんやりと冷たい。沈黙の中、栄都はゆっくりと呼吸を繰り返した。

「……うん、とりあえずは大丈夫そうだ。気分はどうだい？」

「いつもと同じです」

息苦しいし、疼《うず》くような痛みはずっと続いている。ここから悪くなることはあっても、よくなることはないだろう。きっと死ぬまで。そして、それはそう遠い未来ではない。

「そうか。……紹介しよう。こちらは、舎密《せいみ》防衛本部の職員さんだ」

「舎密防衛本部？」

防衛本部と言えば、志献官だ。栄都は目を見開いた。志献官の話はいくらでも聞く。前に叔母が勧めてくれた新聞記事もそうだ。あのときは気持ちが落ち込んで相手にしなかったが、あとで気になって読んでみた。記事には、栄都と同じくらいの少年たちが純の志献官になったと取り上げられていた。格好いいなと思ったからよく覚えている。

この人も志献官なのかと思っていれば、冷たい顔をした男は、栄都の心を見透かしたように口を開いた。

「総務部人事課の者です。志献官ではありません」

冷たい言い方だった。栄都は困惑しながら担当医と母を見る。医者は申し訳なさそうに目を伏せた。

「でも、どうして……」

防衛本部の人がやってくる心当たりなどない。担当医は申し訳なさそうに眉を下げた。

「覚えていないかい？　この前、因子検査を行っただろう？」

「あ……そういえば」

念のために、と検査を行ったことを思い出す。軽い発作の直後でほとんど朦朧《もうろう》としていたからあまり覚えていない。結果は分かりきっていたからそのまま忘れていた。

「でも、オレに因子なんてないです。前に学校で調べたときには――」

「稀に、突然因子が発現する場合があるのです」

栄都の言葉を遮って、防衛本部の職員が言った。そんな彼をチラリと見て担当医が頷く。

「すまない、検査だけに留めておこうと思ったんだが、因子が見つかった場合、防衛本部に報告する義務があってね」

「はあ……」

まだぼんやりする頭ではうまく理解できなかった。栄都は説明を求めて担当医を見つめた。

「きみはここ数カ月――おそらく、初めて発作が起きる少し前に、元素の因子が発現したのだと思う」

「え……？」

「因子というものは大抵生まれながらに持っているものなんだ。成長と共に力が強くなっていき、身体も適応していく。だが、ごく稀に後天的に因子が発現することがある。その場合、肉体にかなりの負荷がかかってしまう。しかも、ほとんどはきみのようにとうに因子検査を終えているから、可能性に気づいたときにはすでに謎の病という扱いで命を落としていることが多い。因子が原因だと判明したのは、不幸中の幸いだよ」

栄都は数度瞬きをした。ぼんやりとした頭では、情報のほとんどが右から左に逃げていく。

「つまり、この子が死にそうなのは突然発現した因子が悪さをしてるということなんですか？」

母が尋ねれば、医者はゆっくりと、しかしはっきりと頷いた。

「はい。栄都くんの持つ酸素の因子が原因です」

「酸素……？」

栄都はぽつりと呟いた。どうして酸素の因子が発現して息ができなくなるのか分からない。生き物は酸素がないと生きていけないと習ったはずだ。

栄都の困惑を見て取ったのだろう、主治医が深く頷いた。

「酸素因子の存在が肺の中の酸素と結びつき酸素を奪う、あるいは逆に肺の中にあふれることで呼吸困難を起こしていたんだ。発作を起こす度に検査結果が変わっていたのはそのせいだったんだ」

奪う、あふれる——きっと酸素が少なすぎても多すぎてもダメなのだろうとぼんやりと思う。

「先生、それでこの子は治るんですよね？　原因が分かったんだから」

母の声が嬉しそうに弾んでいた。担当医は、それは、と口ごもらせて首を振る。

「――医学的に治療する方法は今のところ見つかっていません。そのため、防衛本部の方をお呼びしました」

担当医が悔しげに拳を握ったのを栄都は見た。お金の心配をする栄都に病気を治すことだけを考えるよう言ってくれたのも、家に帰りたがらない七瀬が栄都の病室に泊まることを許可してくれたのも、この人だった。優しくて熱心で、とてもいい先生だ。

岩のように無感情に黙り続けていた防衛本部の職員は、担当医と入れ替わるように一歩前に出た。栄都を見下ろす冷ややかな眼差しに緊張する。

「安酸さんの病気を治す唯一の手は、賦活処置《ふかつしょち》を受けることです」

「賦活処置……？　賦活処置って、何ですか？」

職員はチラリと母を見ると、眼鏡を押し上げた。

「人の魂と元素の結びつきを強固にし、元素の力を自在に操れるようにする処置です。息子さんの場合は、賦活処置を施すことで呼吸も自由になるでしょう」

母はピンとこなかったのか、眉間のしわを深くして担当医や栄都の顔を見る。栄都もよく分からなかった。

母はおずおずと職員に聞いた。

「えっと……それを受ければ栄都は治るんですよね？」

「成功すれば、ですが。今の弱った身体では、成功する確率は低いでしょう」

「そんな……」

母が栄都を見る。その目にははっきりとした絶望を見て、栄都は苦しい肺に息を吸い込んだ。

「でも、ゼロじゃない、ですよね？」

職員は数秒静かな眼差しで栄都を見つめたあと、深く頷いた。

「もちろんです」

「だったら、オレ」

いつ死ぬかも分からない恐怖に怯えているくらいなら、いっそ賦活処置を受けてみたい。それでたとえ死んだとしても、この苦しみから逃れられるなら。

思いは、息苦しさのせいで言葉にならなかった。伝わりますようにと職員に視線で訴える。

「……成功した場合、あなたは志献官にならなければなりません。そのことは分かっていますか？」

「はい」

栄都ははっきりと頷いた。学校で因子検査を受ける前、因子があったらと友達と盛り上がった記憶がよみがえった。志献官には努力でなれるものではない。選ばれた者だけが志献官になれるという事実に、みんな目を輝かせていた。

「これだけ因子を持っていれば、純の志献官としてデッドマターとの戦いに駆り出される可能性がありますが、それでも？」

「オレ――」

「デッドマターと戦うですって？」

答えようとした栄都の言葉を遮るように、母が声を上げた。

「そんな……この子は十二歳ですよ？　まだ子供です。戦うなんて……そんな危険なことさせられるわけないじゃないですか！」

「母ちゃん……」

「ここで命が助かったって、そんな……そんなこと！」

母の声が震えている。栄都は目を伏せた。もしも戦うことになったら、今以上の心配をかけてしまうのだろう。

職員が短くため息をつく。

「そんなこと、ですか……その、〝そんなこと〟に命をかけている方々がいるからこそ、この結《ゆ》倭ノ国《わのくに》は残っているのです」

「だから何ですか？　そんなの誰かに任せておけばいいでしょう？　この子じゃなくたって！」

冷たい無表情だった職員はそっと目を伏せると、深呼吸するようにひとつ息をついた。

「その通りです。……以前も病を治すために賦活処置を受け、志献官になった人がいます。しかし、彼はその過酷さに耐えられず、自ら命を絶ちました」

職員が真っ直ぐに栄都を見ている。まるで栄都の心の奥底まで読もうとするようなその眼差しから、栄都は逃げた。

「……お母様のおっしゃっていたように、この子でなくていいのです。自ら志献官の道を選んだ誰かが、この国を守るでしょう。命をかけて」

職員は母に向かって頭を下げると、もう栄都には一瞥《いちべつ》もくれなかった。

「今回は規則のため、説明に参りました。志献官の義務は、病気の方にまで強制されるものではありません。私はこれで失礼します。どうぞ、お大事に」

栄都が何か言う間もなく、職員は病室を出ていった。

「母ちゃん――」

「大丈夫。きっと治す方法はあるから。だから頑張ろう？　ね」

先生と話をしてくるから、と母たちも出ていってしまった。

（これで、よかったのかな……）

栄都には分からなかった。ぼんやりと天井を見上げる栄都の手を、ずっと隣にいた七瀬が握り締める。

「……七瀬？」

栄都は布団の中をのぞき込んだ。母たちが来てからしばらくして七瀬が目を覚ましたのは、強く握られた手で分かっていた。その手がずっと震えていたことも。

「死んじゃうの？」

栄都は息を呑む。目を今にもこぼれ落ちそうなほど見開いた七瀬は、栄都の手を祈るように額に押し当てた。

「兄さま……ひとりはいやです」

手の中に握らされた石の存在を強く感じた。そのときの願いも、鮮明に思い出した。

『げんきになって』

（ああ……あのとき、オレ、なんて言ったっけ）

元気になると約束したはずだ。大丈夫だよと七瀬を励まして、頑張るからと自分を励ました。

（だって七瀬は……）

不意に、いつか聞いた叔父の言葉が脳裏によみがえる。

『放り出せなんて言ってねえよ。このご時世孤児なんてごまんといる。施設にでも預けてやりゃ十分だろ。何もうちじゃなくたって』

それは違うと、思った。

だって、七瀬は栄都が――。

『そんなの誰かに任せておけばいいでしょう？　この子じゃなくたって！』

母の叫びが胸を突く。

誰かに任せておけばいい？　本当に？

「違う……」

「兄さま？」

七瀬と目が合う。出会ったときの、栄都を真っ直ぐ見上げた眼差しを覚えている。

『自ら志献官の道を選んだ誰かが、この国を守るでしょう。命をかけて』

今になって、職員の言葉が胸に突き刺さった。

誰かが、守る？　誰かって誰のこと？

「兄さま、苦しいですか？」

七瀬を抱えて走ったあの日の感情を今も鮮明に思い出す。

オレが助けなくちゃと、ただその一心で栄都は走ったのだ。

「違う――違う、オレじゃなきゃ！」

空っぽの身体を、熱い何かが駆け巡る。突き動かされるようにベッドを下りた。冷たい床に素足が触れる。足に力が入らない。打ち付けた膝は、立ち上がれないくらい痛かった。

「兄さま！」

駆け寄った七瀬が栄都を支える。こんな小さな子に支えられなければならない自分が情けなくて腹が立つ。

「こんな、身体っ」

肺が焼け付くように痛んだ。胸の中に水が満ちていくように息が苦しい。

だから、何だ。

オレはまだ生きてる！

栄都は渾身《こんしん》の力で立ち上がった。左手には七瀬の石を握り締めていた。

（頑張る、頑張るって言って、オレは何をした？）

治療を待って、奇跡を待って、苦しみを耐えて耐えて耐えて——死んでしまいたいと、そう願うことが頑張った結果なら、何もしていないのと同じじゃないか。

ふらつきながら病室を出て、栄都は走った。いや走っているなんて言えない。廊下を歩いている人の方がずっと速い。隣では倒れそうな栄都を七瀬が止めようとしている。他の患者や見舞客は目を丸くして栄都を見ている。視界の端で、看護師たちが慌てていた。

けれど、足を止められなかった。肺が破裂したって、血を吐いたって、行かなければならなかった。

ここで苦しみながら、何もできずに死を待っているなんて絶対に嫌だ。

裸足のまま病院の外へ飛び出した。夕闇に職員の姿が遠ざかっていく。

「……って、まっ……て」

呼吸をするのもままならない。漏れ出た息は声にはならず、遠ざかる背中には届かない。

「っ、待って、待って！」

不意に職員が足を止めた。訝《いぶか》しむように振り返り、栄都を見つける。

冷たい地面を蹴る足先の感覚はほとんどなかった。まるで雲を踏むように、足に力が入らない。それでも、栄都は前へ進んだ。自分の今持てる限りの力を、命を使い果たすように。

「っ、うあ！」

力が入らず足がもつれた。身体が宙に投げ出され、まともに手をつくこともできず頬を打つ。息ができなかった。目の前がチカチカした。心臓が暴れている。

もがいても立ち上がれなかった。苦しくて悔しくて涙が出た。

「——何をしているんだっ」

焦ったような声が降ってきた。すぐそばに駆け寄ってきた職員のズボンの裾を摑む。

「オレ……はあ、オレっ、しけんか……っ、ゲホッ……志献官に、なる」

職員が栄都を仰向けにした。何かを言っているが、ドクドクと耳の奥から聞こえる鼓動の音で声がうまく聞こえない。

「オレが……う、オレが、守るんだ！」

他の誰かじゃない。誰かなんていない。誰でもいいなんて、そんなのは嘘だ。

「オレが……」

涙でにじむ視界の向こう。夕闇に染まる夜空にひときわ輝く星を見つけた。

栄都は歯を食いしばり、空に手を伸ばした。目の前が暗くなっていく。意識が途絶えるその刹那、栄都は星を摑んだ気がした。


虚空を摑み、力なく落ちていく栄都の手を、七瀬は抱くように捕まえた。

「兄さま！」

防衛本部の職員に支えられてぐったりと目をつむる栄都は、これまで意識を失った姿とは違って見えた。七瀬は栄都の胸元を摑んで揺さぶる。

「いやです、いやだ……兄さま……兄さま、起きて、起きてください」

「どきなさい」

押しのけられて尻餅をつく。防衛本部の職員が栄都を抱えたまま立ち上がった。

「やだ、返して！」

「弟がいるとは聞いていないが……彼を死なせたいのですか？」

「っ！」

だらりと下がった栄都の左手から、石が落ちる。七瀬が握らせた白い石だ。拾う間に男は栄都を連れて病院へと戻っていく。七瀬も急いで追いかけた。

そこからはめまぐるしくことが進んでいった。

栄都は面会謝絶状態になり、七瀬は病室に入れてもらえなかった。病院の大人たちだけがバタバタと出入りし、防衛本部の職員に栄都の母が摑みかかっていた。

しばらくして、防衛本部の職員と同じ格好をした大人たちが数人やってきた。それとほぼ同じ頃に栄都の父親が現れた。病室の外で栄都の母親が泣いていた。父親も頭を抱えていた。

七瀬には居場所がなかった。どこにも行けず、廊下の隅で膝を抱えた。

誰かが何度か声を掛けてきたような気がする。けれど、どの声も、どんな言葉も七瀬には響かなかった。意味がなかった。栄都でなければ。

震えながら祈るように両手で石を握り締めた。

栄都がいないと、こんなにも寒い。

どれほど時間が経っただろう。

朝も夜も分からない。まるで永遠のような時間の果てに、七瀬は聞いた。

「七瀬」

自分を呼ぶ、優しい声を。

「――――っ」

顔を上げた七瀬の目の前には誰の姿もなかった。

「兄さま?」

明け方だろう。辺りは息が詰まるような白い光に満たされている。廊下は右を見ても左を見てもしんと静まりかえっていた。まるで世界に七瀬しかいないような錯覚に襲われる。

息が止まるほどの焦燥に、七瀬はもがくように両手足を動かし立ち上がった。同じ姿勢でいた身体は凍り付いたようにぎこちない。

「兄さま……にいさま……」

恐る恐る病室へと入る。そこにはただ、静寂があった。

朝の光が白く病室を満たしている。

「兄さま……？」

ベッドに座って外を見ていた人影が、ゆっくりと振り返った。

「おはよ、七瀬」

「あ……」

足の力が抜けてその場にへたり込む。栄都は目を丸くしてベッドから下りると素早くしゃがみ込んだ。

「どうした？　大丈夫か？　おいで、冷たいだろ？」

「にいさま」

呆然とする七瀬にはかまわず、栄都は七瀬を抱えると笑った。

「運動しないとなー。ずっと動けなかったし、体力やばーい」

そう言いながら少しだけふらついて、栄都は七瀬をベッドに座らせた。

「でも、もう大丈夫だよ。元気になったから」

「……本当ですか？」

「ほんとだよ」

栄都はニッと笑うと七瀬の頬を両手で挟んだ。七瀬の好きな、温かい手だった。

「七瀬、ありがとう」

「え？」

コツンと額がぶつかる。微笑みがぼやけるほどの距離で、七瀬は栄都の言葉を聞いた。

「七瀬のおかげで、決心できた」

「ぼく？」

栄都はすっくと立ち上がると、視線を窓の外へと向ける。七瀬が見上げた横顔には、確かな決意がみなぎっていた。

「オレ、志献官になる」

「しけんかん……？」

栄都が病院の外で防衛本部職員の背中を追いかけながら言っていたのも〝しけんかん〟という言葉だった。

「どこまでできるかは分かんないけど……突然この力が現れたのも、賦活処置に成功したのも、生きてみんなを守れってことなんだと思う」

「兄さま……」

「だから見てて。七瀬が見ててくれたら、きっと頑張れる」

笑う栄都がどこか遠くへ行ってしまう気がした。それでも、頷く以外に七瀬に何ができただろう。

「……はい。ずっと見てます」

一番近くでずっと見ているから。だからどうか、置いていかないで。

新和十九年、春――。

晴れやかな顔で店の前に立つ栄都を、七瀬は眩《まぶ》しく見上げた。新品の志献官の白い制服が輝いて見える。

「七瀬、ちゃんと叔母さんの言うこと聞いて、いい子にしてるんだぞ。たまに会いに行くから」

「……はい」

栄都はすっかり元気になった。今日は防衛本部に向かう日だ。もしかしたら栄都の両親が兄さまを止めてくれるんじゃないかと思っていたが、結局は栄都の両親も彼の熱意に折れるように、栄都が決めたのなら応援すると言ったらしい。とても嬉しそうに七瀬に話してくれた。

両親からの許可も下りた栄都は生き生きしていた。毎日を慌ただしく過ごしながらも、楽しそうに防衛本部はどんなところだろう、どんな人がいるんだろうと、期待に胸を膨らませていた。

栄都を止められないのなら、せめて七瀬も一緒に行きたかった。お願いしたこともある。けれど、栄都が首を縦に振ることはなかった。

「安心して。栄都ちゃんの代わりにちゃんと面倒を見るから」

「お願いします、叔母さん」

結局、七瀬は栄都の叔母のもとに預けられることになった。栄都の両親には知らない子供を預かるだけの余裕がない。栄都が自分の代わりに住まわせてほしいと叔母夫婦に頼み込んだからだ。

七瀬にとっては栄都がいないならどっちだって同じことだった。

「行ってきます」

くしゃくしゃと七瀬の頭を撫でて栄都が行ってしまう。

「あ……」

「七瀬ちゃん」

反射的に追いかけようとすれば、ぎゅっと肩を摑まれる。

「栄都ちゃんを困らせちゃだめよ」

少し行ったところで栄都が振り返った。戻ってきてくれるのかと期待した七瀬に、栄都は満面の笑みで大きく手を振った。まるで、この場所から離れるのが嬉しくてたまらないというように走り出す。

「兄さま……」

「ほら、七瀬ちゃん。うちはただ飯食らいは置かないよ。お手伝いはしてもらうからね。栄都ちゃんがいたときとは違うんだから」

「……」

ぐいぐいと腕を引かれる。商店街の雑踏に見えなくなった栄都の姿を懸命に探しながらも、七瀬はうなだれて栄都の叔母についていった。


七瀬が栄都の叔母の家で過ごしていられたのはほんの数日だった。叔母夫婦が何かしたわけではない。栄都のいないこの場所にいることが耐えられなかったのだ。

少しでも栄都の近くに行きたい。

七瀬は夫婦が寝静まった頃を見計らい、家を抜け出した。

栄都がどこにいるかは知っている。『舎密防衛本部』——その言葉だけを頼りに、七瀬はひたすら歩いた。朝が来て、夜になって、それでもずっと。勇気を振り絞って周りの人に防衛本部がどこか聞き、幼い子供がひとりで歩いていることを訝しがられながら、途中でうずくまるように休みながらも歩き続けた。

「——着いた」

防衛本部に着いたのは、家を抜け出した数日後の夕方のことだった。

ぽかんと見上げる七瀬を、門衛が不審に見咎《みとが》めた。

「ぼく、どうしたんだい？」

「あ……」

ぬっと見下ろす門衛に、七瀬はふるふると首を振って踵《きびす》を返した。防衛本部の周りを囲む堀に架かる橋を渡りきったところで足を止め振り返る。

「ぼく……いい子じゃない」

勝手に家を抜け出して、こんなところまで会いに来て、きっと栄都を困らせるだけだ。

「……どうしよう」

橋のたもとの柱に身を隠すようにうずくまる。ここから栄都の叔母の家まで帰る自信はなかった。たとえ帰れたとしても、きっと怒られるだろう。追い出されるかもしれない。あの人たちが七瀬を預かってくれるのは、栄都の頼みだからだ。本心では疎ましいと思われているのを、七瀬は感じていた。

「どうしよう……」

「何してんの？」

七瀬は顔を上げた。すぐ目の前に人がしゃがんでいた。若草色の髪の青年だ。いつ目の前まで来たのだろう。足音のひとつも聞こえなかった。反射的に立ち上がろうとしたが、歩き疲れた足には力が入らない。

「もうすぐ夜だぞ。親は？」

「……ない」

ぽつりとこぼれた言葉に青年は片眉を小さく上げた。

「ない、か」

しゃがんだまま膝に頬杖をついて青年がじっと七瀬を見つめてくる。その視線に負けて、七瀬はそっと目を伏せた。

「それで？　ここで何してんの？」

「兄さまに、会いに来ました」

「兄さま？　兄弟が防衛本部にいんの？」

「兄さまだけど、兄弟じゃないです」

「……ふうん？　名前は？」

「栄都」

栄都、と青年は繰り返す。

「知ってますか？」

「多分ね」

　青年は橋の向こうに視線を向ける。防衛本部の人なのだろうか。前に病院で見た防衛本部の職員とは格好が違っている。青年が羽織っている黒い上着は、むしろ栄都が着ていた制服に似ている気がした。

　七瀬は青年に手を伸ばした。

「ぼくも志献官になります」

「は？　急に何？」

　袖を握る七瀬に青年は眉根を寄せる。だが、それだけだ。振り払われなかったことで、七瀬はさらに続けた。

「ぼくも志献官になったら、兄さまとずっと一緒にいられるから」

　歩き続けている間、ずっと考えていた。栄都のそばにいられる方法を。自分も志献官になればいいのだと結論に至るのは、そう難しいことではなかった。

「ぼくも志献官になりたいです」

「やめときな。志献官なんてお前みたいなチビがなるもんじゃないし、なりたいって言ってなれるもんでもないよ」

「なる。なって兄さまの役に立ちます」

「……はあ」

　青年は顔をしかめると、深々とため息をついて立ち上がった。

「あ……待って」

「いいよ、ついておいで。兄さまとやらに会わせてやるから、ちゃんと話をしなよ」

ぽかんとする七瀬を置いて青年は背を向けて行ってしまう。

「……来ないの？」

「でも……」

軽く振り返る青年に七瀬は口ごもった。怒られるかもしれないと思うと、栄都に会うのが怖かった。

「……好きにしな」

「っ、待ってください」

もう疲れて動かないと思った足に力を込める。足音もなく静かに歩く青年を追いかけて、七瀬は舎密防衛本部へと足を踏み入れた。


そうして三年後――新和二十二年。

凍硝《とうしょう》七瀬は無位の育成課程から純参位《じゅんさんみ》の窒素の志献官として抜擢《ばってき》される。

史上最年少の志献官の登用は、それほどまでに人類がデッドマターの脅威に瀕《ひん》していることを表していた。


（終わり）

断章－四－

前編　幕間　新和十八年鎌倉防衛戦

後編　鍛炭六花の萌芽

新和《しんわ》十八年二月、鎌倉——。

デッドマターに侵された暗黒の虚無に紫電が走る。

鐵《くろがね》仁武《じん》は毒づき、荒く息を吐いた。

「くそっ……」

侵食領域の内部は全てが重い。まるで深い水底のようだ。

仁武は舌打ちをして、頬を伝った血をぞんざいに拭う。

「ヤツは……」

荒い呼吸を整えながら目を凝《こ》らした。常人には死をもたらす虚無でも、志献官《しけんかん》である仁武にとっては違う。体内に宿す元素力の反応で、暗黒の虚無の中でも息をし、世界を見通すことができる。

旧世界——古都鎌倉の町は無残な姿になっていた。地面はひび割れ、隆起し、めくれ上がっている。建物は侵食の勢いに崩壊し、宙に浮かんでいた。瓦礫《がれき》や、首都・燈京《とうきょう》でお目に掛からないような旧世界の機械までもがあちこちに浮遊している。

いいや、浮いているのではない。止まっているのだ。

暗黒の虚無の中に、時間は存在しない。

命あるものは消滅し、無機物は死せる元素《デッドマター》に置き換わる。気が狂うような無音の世界がただそこに横たわっていた。

雷のような閃光が、幾度も空を駆け抜ける。わずかに残る通常物質とデッドマターが反応しているのだ。全身を押しつぶすような侵食圧さえなければ、神秘的な光景だろう。

暗闇の中を漆黒が身動《みじろ》いだ。侵食圧をものともせず、巨大な影が瓦礫の合間を動き回る。

密度の高い虚無というものがあれば、目の前のあれがそうだろう。周囲の闇よりもさらに暗く、どんな無よりもさらに虚《うつ》ろな存在――。

脅威指標二等級、侵略型デッドマター『プロキオン』。

星の名を冠するその虚無は、驚くほど肉食獣の形状に似ていた。複数の尾を持ち、太い四肢で俊敏に動く。大地を掻く爪は鋭く、牙をのぞかせる口元は獲物に飢えているようだ。

しかし、プロキオンが爪と牙で狩ろうとしているのは草食動物などではない。

「――っ！」

虚無は音もなく突如迫り、仁武の頭に鋭い爪を振り下ろした。その一撃を、鉄の刀を立てて受け流す。まともに受ければ、骨まで砕けるだろう。

（だが、これ以上は退けない……！）

敵は獣の姿をしているが、生物ではない。喰らうために狩りはしない。プロキオンの狙いはただひとつ。鎌倉の町を守っている元素結界《げんそけっかい》を破ることだ。

仁武が退き、プロキオンが鉄塔や結界面に向かうことになれば、たやすく元素結界は崩壊するだろう。

（ここでなんとか耐えなければ――っ⁉）

獲物を仕留めるため距離を取ったプロキオンと仁武の間で、突如無音の爆発が起こる。間髪入れず、仁武の目を塞ぐように黒煙が巻き起こった。

※　　※　　※

『まだ終わらんのかね！　純の志献官たちは何をしている！』

受話器を耳から遠ざけ、舎密《せいみ》防衛本部司令の笹鬼《ささき》はうんざりとため息をついた。野戦電話の向こうにいるのは、有力議員だ。のうのうと安全な場所から怒鳴りつけるだけならば子供だってできる。

『避難している住民には年寄りも多い。気温が低く、体調を崩す方も大勢いらっしゃるのだ！　なのにお前たちときたら――』

そんなことは分かっている。

笹鬼は忌々しげに前線司令部の天幕《テント》の窓から外を見遣った。二月の寒さは厳しいとはいえ、鎌倉はめったに雪の降らない土地だ。その鎌倉に猛烈な吹雪が吹き荒れている。

この吹雪の向こう、鎌倉方面の元素結界に、デッドマターの侵食領域が押し寄せていた。急激に拡大する侵食領域が生み出した気圧差によって大気を押し出し、猛烈な吹雪となって結界を張る混の志献官たちを苦しめている。

今も元素結界を張る鉄塔の最上部では、総動員された混の志献官たちが凍えながら元素結界へ元素力を送っている。もう何人が倒れたか分からない。

不意に、風ではためく天幕の入り口が荒々しく開いた。

「司令！　結界、もう持ちません！」

雪まみれになった志献官が倒れ込むように笹鬼の前に膝をつく。彼はゼエゼエとあえぎながら笹鬼を振り仰いだ。

「交代できる混の志献官が尽きました。これ以上は……」

「デッドマターの状況は」

寒さか、それとも力が尽きたのか、ブルブルと身体を震わせた志献官はうなだれて首を振った。

「依然、衰えず」

笹鬼は舌打ちをぐっとこらえた。夜明けに作戦が始まってから、すでに五時間が経過している。

『笹鬼司令、何があった。報告しないか！』

受話器から漏れ聞こえる怒声に、今度こそ舌打ちをした。

「空木《うつろぎ》純壱《じゅんいち》位《い》、鐵純壱位、有生《ありせ》純弐《じゅんに》位《い》を当てております。今しばらくお待ちください」

言い捨てて受話器を置く。しかし、現状笹鬼にできることは何もない。侵食領域内とは一切の連絡が取れないためだ。

（祈ることしかできんのか……！）

苛立《いらだ》ちを机にぶつける。志献官ではない笹鬼はあまりにも無力だった。

「笹鬼司令、ちょーっと意見具申よろしいでしょーか」

笹鬼は我に返り顔を上げた。火鉢にあたりながら、清硫《せいりゅう》十六夜《いざよい》がひらりと手を上げている。

「……許す」

「そろそろ第二陣《俺たち》を投入してもいいんじゃないですかね？」

笹鬼は拳に力を込めた。それは常に笹鬼の念頭にあった。ここには、十六夜を始め、舎利弗《とどろき》玖苑《くおん》、塩水流《しおづる》一那《いちな》という、三名の純の志献官がいる。彼らを使わない手はない。

「しかし……」

容易に許可はできなかった。七柱の鉄塔で構成される首都・燈京の盤石な元素結界とは異なり、鎌倉の元素結界は繊細だ。志献官たちが結界に侵入する際の揺らぎでさえ、全ての結界を崩壊させる恐れがある。

観測部の報告では、結界突入は三名が限界だと言われていた。鐵、空木、有生の三名しか結界に入れていないのはそのためだ。

「ボクたちが突入すれば結界は崩壊するだろうね」

暇そうに長い髪の毛先をいじっていた玖苑が言った。結界が崩壊すれば、鎌倉は侵食され、鉄塔の混の志献官たちは全滅する。

「空木たちが失敗すりゃどのみちそうなる。違いますかね？　笹鬼司令」

「最悪なのは、鎌倉も鉄塔も、中にいる三人もみんな失うことじゃないのかい？」

十六夜と玖苑が口々に言う。就任して半年程度の笹鬼より、現場のことは彼らがよく知っている。ここは彼らの判断に任せるべきなのだろう。しかし——。

「ボクらが入れば三人は助かるよ」

「だが、それでは鎌倉を失うことに……」

そうなれば、数万人が住む場所をなくす。今の燈京に受け入れるだけの余裕はない。

「ま、三人とも生き残ってるかどうかは分かんないですけどねぇ」

十六夜が顎をさすりながら冷たい笑みを口元に浮かべた。そう、その可能性もある。いや、ならばなおのこと、投入すべきなのか？

「――聞こえる。戦う音」

天幕の隅でうずくまっていた一那が遠くを見つめ、口を覆うマスクの中でぽつりと言った。

戦闘の音など笹鬼には聞こえない。轟々《ごうごう》と鳴る吹雪の音しか聞こえなかった。

「戦う音？　どんな状況か分かるか、塩水流。三人は無事なのか？」

「……」

一那はちらりと十六夜に視線をやると、再び黙り込む。代わりに十六夜が口を開いた。

「三人で戦ってるみたいですね。けど――」

十六夜が言葉を止める。

笹鬼は眉間のしわを深くした。三人の戦闘音が聞こえたのなら、結界の間際まで追い詰められているということだろうか。

「笹鬼司令。どうするんだい？　司令はキミだよ」

玖苑と十六夜、そして一那が笹鬼を見つめる。

「――元素結界は、現在の状況でどれほどもつ」

「さ、三十分……いえ、十五分が限度かと！」

成り行きを見守っていた観測部の職員が言った。結界の崩壊は目前だった。もはや一刻の猶予もない。

ここまで信じて待った。これ以上は――。

「……結界を維持する最小限の混四位を残し、鉄塔から撤退せよ。清硫組は突入準備。突入と同時に、結界を」

「終わった」

「は？」

何を言っているのかと、笹鬼は玖苑を見た。侵食領域の方へ視線を向けていた玖苑は、目を伏せて天幕から出て行く。

「どこに行く！　舎利弗純壱位！」

「司令！　侵食圧、急速に低下！」

観測部職員の言葉に笹鬼は息を呑んだ。

「――〝あれ〟をやったのか、空木」

聞こえるか聞こえないかの声で呟《つぶや》いて、十六夜も玖苑に続く。十六夜のあとを一那が影のように静かに追いかけた。三人の緊迫した様子に、喜びに沸きかけた天幕に緊張が走る。

笹鬼も遅れて天幕を出た。外は吹雪が止み、吹雪で舞い上げられた雪が青空からはらはらと落ちてくる。

元素結界を圧迫していた侵食領域が退いていく。強い圧が消えたせいだろうか、耐えきった元素結界が脆くも崩れていった。

侵食領域内で浮かんでいたのであろう大小様々な瓦礫が激しい音を立てて落ちた。舞い立つ土煙に笹鬼は目を閉じながらも、深い雪を踏み分け進んだ。

もうもうとした土煙の向こうに人影がある。刀を杖のようにつき、土煙の向こうから現れた仁武は、玖苑を見つけるとそのままふらりと倒れ込んだ。

「仁武！」

「鐵純壱位！」

玖苑に受け止められた仁武は満身創痍《まんしんそうい》だった。仁武は玖苑の肩越しに笹鬼を見ると、荒い呼吸を繰り返し、口を開いた。

「任務完了……」

仁武の言葉に、わっと歓声が上がる。驚いて振り返れば、笹鬼の後ろに職員たちがついてきていた。喜びに満ちる顔に笹鬼はホッと胸を撫《な》で下ろす。

「よくやってくれた」

「……」

ねぎらう笹鬼に、玖苑に肩を借りて立つ仁武は苦しげに頷《うなず》いた。


少し前——。

プロキオンとの間に立ちこめる黒煙に仁武は目を凝らした。虚無の闇のように冷たくはない、温かみのある黒だった。

「これは……陸稀《むつき》か！」

炭素の志献官、有生陸稀の煙幕だ。ならば、直前に起こった爆発は、窒素の志献官である空木漆理《しちり》が放ったアジ化爆弾だろう。ふたりの元素術を厭《いと》って、プロキオンは下がり、様子をうかがっているようだ。

「やっほ、仁武！　生きてるー？」

「鐵くん、ひとりで無茶をするのは感心しませんね」

陸稀は、現れるなりこの場にそぐわぬ明るい笑顔を向けてきた。その後ろにゆっくりとついてくるのは空木だ。何にも動じないような、静かな表情をしている。

「助かりました。空木さん」

「ええ？　おれには？　おれにはお礼ないの？」

「陸稀も、助かった」

「えへへ、どーいたしまして！」

陸稀は屈託なく笑う。子供のような笑みに仁武はわずかに肩の力を抜いた。

「もどかしい気持ちは分かりますが、焦って倒せる相手ではありません」

「……分かっています」

仁武は目を伏せた。確かに焦っていた。決定打がないまま時間ばかりが過ぎていくことに、仁武は焦燥を感じていたのだ。

「っていうかさぁ、ちょーお腹空《す》いちゃった。おれたちどのくらい戦ってる？」

仁武は首を振った。侵食領域の中では時間の経過など分からない。ただ、途方もないほど長い時間戦っていることだけは、肉体的、精神的な疲労で十分感じ取れた。

「長引けば、本部は清硫隊を投入すると思ったんですが……」

仁武は刀の柄を握り直した。もしもそうなれば結界が崩壊し、鎌倉市街地に多大な被害が出るだろう。だが、ここで仁武たちが力尽きても同じことだ。

「笹鬼司令は我々を信じているのでしょう。プロキオンを倒せると」

「あは！　偉いぞ、笹鬼ちゃん！　見る目あるじゃん。なら、期待に応えなくちゃね！」

やるぞ、と陸稀は準備運動をするように身体を伸ばす。彼もそろそろ限界のはずだ。それでも、明るく振る舞う姿に仁武は負けていられないとひとつ息をつく。

そんなふたりを静かに眺め、空木は顎に拳を当てた。

「――とはいえ、このままではジリ貧です。仕方ありません……陸稀、〝あれ〟をやりましょう」

「〝あれ〟とは？」

「っ、避けて！」

仁武の疑問に答える代わりに、陸稀が叫ぶ。それと同時に、薄れかけた黒煙を割って何かが飛来した。それもひとつではない。

「あんにゃろ！　ゆっくり作戦くらい立てさせろよー！」

プロキオンが割れた尾で宙に浮かぶ瓦礫を次々に叩き込んできているのだ。

「チッ……鐵くん。私と陸稀が準備する間、持ちこたえられますか？」

「……必ず。持ちこたえてみせます」

仁武は頷くと、プロキオンの前に身を躍らせた。

「──漆理、本当にやるの？　いつもは危険すぎるって」

空木は青白い顔にかすかな笑みを浮かべ、上着をめくった。

「っ！」

制服が黒くて気づかなかった。手に触れれば異様に冷たい。立っていられるのが不思議なほどの出血量だ。

「今だからやるんです。付き合ってくれますか？」

陸稀は一瞬泣きそうにくしゃりと顔をゆがめると、ゴシゴシと顔を拭った。

「……っ、分かった。やろう、漆理」


「ぐっ……！」

プロキオンの巨大な尾の一振りを刀で受け流す。ほんのわずか、死角になった場所から別の尾が襲いかかった。

地面に叩きつけられ、息が詰まる。朦朧《もうろう》とする頭を振り、仁武は咳《せ》き込みながら立ち上がった。

「はあ、はあ……あれは……」

すぐそこに鉄塔と境界面が見える。ここまで追い詰められてしまったかと血の気が引いた。

「くそっ……」

膝が震える。体力が限界に近い。立っているのもやっとだ。

「……碧壱《あおい》」

今、隣にいてくれたなら――胸をかすめた思いに仁武は強く首を振った。

「弱音を吐くな！　いない者に頼るな！」

己に活を入れるように叫び、刀を握る手に力を込める。

プロキオンの尾が次々に仁武を襲った。ここで諦めるのはまだ早い。

地面を蹴り、浮かんだ瓦礫を足掛かりに上空に逃げる。プロキオンも仁武を追って音もなく飛び上がった。

「くっ……まだか……」

プロキオンの尾を刀で受ける。空中ではまともに踏ん張ることもできず飛ばされた。

「仁武！　そのまま離れて！」

陸稀の声が聞こえた。

その刹那、閃光が目を焼いた。爆発の衝撃に身体が地面に叩きつけられる。一瞬、意識が飛んだ。強く揺さぶられて目を覚ます。

「仁武。仁武、大丈夫？　時間を稼いでくれたから助かった」

陸稀が仁武の腕を摑《つか》んで引っ張り上げる。

「今のは……？」

「漆理のとっておき。おれが造ったダイヤモンド製のチャンバーで漆理が圧縮した、ポリ窒素の爆弾だよ」

「っ、プロキオンは」

プロキオンがいた場所は全ての瓦礫が吹き飛び、ただ無の空間が残っていた。

「やったのか……？」

「ううん。まだだ」

陸稀が地上を指さす。そこには尾が千切れ、頭が吹き飛んだプロキオンがいた。

「……あれでまだ動くのか」

虚ろな獣が、ゆっくりと起き上がる。失われた頭部の虚無がボコボコと煮えるように盛り上がり、頭が再生していった。しかも、ただ再生するだけではない。ひとつだった頭が三つに増えている。獣の三つある顔面がそれぞれ苦悶を浮かべるように歪《いびつ》に蠢《うごめ》いた。口ができ、鼻が生まれ、そうして、カッと目を開ける。

「駄目か……」

絶望に全身から力が抜けた。仁武の腕を掴む陸稀の手に力がこもる。

「諦めるな。碧壱だってきっと、最後まで諦めなかった」

仁武は息を呑む。陸稀は人懐っこい笑みを浮かべて笑った。

「陸稀……っ」

「っ！」

ぞくりと全身に走った戦慄に、仁武はプロキオンを見た。ひとつの頭にぎょろりと開いたひとつの目。合計三つの目がバラバラと瞬きながら、仁武と陸稀を睨《にら》んでいる。

「……ちょっと行ってくる。仁武は休んでてよ」

仁武は嫌な予感に陸稀の腕を摑んだ。高所から打ち付けられた身体が悲鳴を上げる。

「ま、て……ぐっ、俺、もっ……」

「……仁武はそういう人だよね」

陸稀は親しげに仁武の手を叩いた。

「でも、おれたちに任せて」

陸稀がそう言った瞬間、目の前に透明な壁が現れた。ダイヤモンドの盾が包み込むように、仁武の周囲を覆う。ふっと、身体に掛かっていた侵食圧が軽くなった気がした。

「じゃあ、行ってきます！」

「陸稀！」

仁武は力任せに目の前の壁を殴り、睨みつけるように虚無に目を凝らした。

「空木さん……空木さんは、どこだ？」

あの人が陸稀をひとりにするはずがないのに——。


「ただいま、漆理。生きてるー？」

落ちかけていたまぶたを押し上げて、瓦礫にもたれていた空木は声の方を見た。今にも泣きそうな顔で陸稀は笑っている。

「鐵くん、は？」

「生きてる。大丈夫……あれもピンピンしてるけど」

ああ、と空木は息を吐き出した。自分が生きているのだからそうだろう。空木は自分の身体を見下ろした。右半身がなくても生きているのは、侵食領域の中にいるからだ。プロキオンが光壊し、侵食領域内の止まっていた時間が動き出したならば、空木はとっくに死んでいる。倒すべきデッドマターに生かされているようだなんて、皮肉な話だ。

「漆理、もう一度やろう」

陸稀は空木を抱え上げた。陸稀だって、もう立っているのがやっとだろうに。

「ええ……やりましょう」

再生したプロキオンが大きく身震いする。たてがみが激しく揺れた。本当に獣のようだと空木はかすかな笑みを浮かべる。

プロキオンの三つの目が、空木と陸稀を捉えた。感情など持ち得ないのがデッドマターだ。憎々しげに睨んだと思うのは気のせいだろう。

それでも、目障りであることには変わりないらしい。

プロキオンは人のような前肢の五指で地を掻き、音も立てずに向かってきた。

巨大なダイヤモンドの殻が、支え合うように立つ陸稀と空木を中心に展開し、ふたりに襲いかかるプロキオンごと呑み込んだ。光のない侵食領域では、まるで巨大な黒い卵に見える。

「陸稀！　空木さん！」

仁武は叫んだ。巨大な黒い卵はただ沈黙を続けている。目の前の盾を殴り続けた手からは血がにじんでいた。

「くそっ、俺はまた……」

ピシッと無音の世界にガラスがひび割れるような音が響いた。ハッと顔を上げた仁武の視線の先で、ダイヤモンドの殻が崩れ始める。

「空木さん、陸稀！」

仁武を守っていたダイヤモンドの盾が、今までの堅牢さが嘘だったかのように跡形もなく消え去った。

「あ……」

最悪が脳裏をよぎる。仁武は痛む身体を引きずるように立ち上がった。

（光壊は、確認されていないのに……）

ボロボロと崩れ始める巨大な黒い卵に近づいていく。一歩進むごとに身体が軽くなり、息がしやすくなる。侵食圧が低下しているのだ。

仁武が卵に近づいたときには、もう殻のほとんどが崩れ落ちていた。真っ黒だったダイヤモンドの殻は透き通り、美しくきらめいている。

「これは……」

殻の中にプロキオンの姿はなかった。空木と陸稀の姿も、どこにもない。

ひらり頬に冷たい物が触れた。見上げれば、晴れた青空にはらはらと雪が舞っている。

脅威は去ったのだ。ふたりの命を犠牲にして。

「っ！」

仁武は崩れるように膝をつき、再生していく大地に拳を振り下ろした。

——こうして、鎌倉防衛戦は防衛本部の勝利で幕を閉じたのだった。


数日後、包帯を体中に巻いた仁武は、司令室に呼び出されていた。

「呼び出してすまない……座りなさい。怪我に障るだろう」

「いいえ。問題ありません」

席を勧める笹鬼に首を振る。志献官の身体は一般人よりも遥かに治癒力が高い。酷い裂傷もあるし、骨が何本か折れているが、あと一週間もすれば包帯は全て取れるだろう。

執務机の笹鬼は困り顔をしてため息をつくと、椅子に深く身を預けた。

「……これは独り言だ。同意も意見もいらない。鎌倉の防衛には成功したが、我々は貴重な志献官を失った」

仁武は口を結び、目を伏せた。

「あのとき、私がもっと早く清硫隊の投入を決めていたら……空木と有生を失わずにすんだのかもしれない」

「ですが、鎌倉の市街地は壊滅していたかもしれません。そうすれば、数万人が住む場所を失ったでしょう」

仁武はたまらず口を開いた。結果的に、被害は最小限で済んだのだ。

笹鬼はゆっくりと首を振った。

「かもしれない、かもしれない、全部、可能性の話だ。もっと最善の方法があったのではないかと、どうしても考えてしまう。私の判断は正しかったのだろうかと……」

仁武は身体の痛みをこらえて腹に力を込めた。

「ひとつ伺います。司令が早期に清硫隊を投入しなかったのは、鎌倉が壊滅するからという理由だけでしょうか」

「……いいや。それだけではない。鉄塔の混の志献官たちも守りたかったし、なにより君たちを信じたからだ。君たちなら必ずできると信じていた」

その言葉に侵食領域内での空木と陸稀の言葉を思い出して、仁武は肩から力を抜いた。

「どの選択が正しかったのか、誰も答えを出せない問題です。ですが、信じて託されたのならば、有生も空木も本望だったでしょう」

「……そう、か」

笹鬼は目頭を押さえ、感情を抑えるように深呼吸をすると、真っ直ぐに仁武を見上げた。

「つまらない独り言を聞かせてしまったな。忘れてくれ」

「はい」

頷きながら、仁武は横目で隣を見た。

どうして今ここにひとりで立っているのだろう。

この半年で、あまりにもめまぐるしく変わってしまった。碧壱が死に、司令が笹鬼に交代し、空木と陸稀までが逝ってしまった。

(残るのは、俺じゃないと思っていた)

今だって、空木や碧壱なら笹鬼の負担を軽くするような、もっとマシなことが言えただろう。

いや他の誰だって、自分よりはマシなはずだ。

(どうして俺はいつも……)

「鐵純壱位?」

笹鬼に呼ばれて、知らぬ間に俯《うつむ》いていた顔を上げる。

「身体が辛いようならば」

言いかけた笹鬼に仁武は首を振った。

「いえ。続けてください」

笹鬼は訝《いぶか》しげに仁武を見たが、やがて深く頷いた。

「今回の戦いでの損失は大きい。だが、どんな犠牲を払おうと我々は、我々にできることをするしかない。今日君を呼んだのは、失った志献官の補充について話をしたかったからだ」

「……混の志献官の犠牲もあったと聞きました」

極限まで元素力を使い果たし、救護の天幕の中で眠ったまま息を引き取った者も少なからずいたという。

「その通りだ。新宿再生戦、鎌倉防衛戦と半年で立て続けに大きな戦いがあったことで、現在、かつてないほどに志献官が減っている。志献官の補充は急務だ」

真剣な眼差しの笹鬼に、仁武は深く頷いた。

※　※　※

ひらひらと、それは舞っていた。

百枚を超える紙でできた白い形代《かたしろ》が、蝶か鳥のように天井を飛び回っている。

机も椅子もない空っぽの教室だった。窓のカーテンは閉め切られ薄暗い。集められた三十人ほどの少年たちは不安げな眼差しで床に座り、天井を見上げていた。春も近づいているとはいえ、三月半ばの教室はまだ寒い。寒さと緊張で身体を硬くした少年たちは、強く膝を抱える。

少年たちの頭上を縦横無尽に旋回している形代は、カサカサと乾いた音を立てて飛ぶばかりで、一向に下りてくる気配がない。

それを教壇から見ていた舎密防衛本部の女性職員は軽く目を伏せた。視線の先には箱がある。形代が入っていた箱だ。

これ以上は無意味だろう。

職員は形代を箱に呼び戻すため、再び蓋を開けようとした。

「あっ」

少年たちのうちの誰かが小さく声を上げた。職員はハッとして動きを止める。

スィと。

天井を舞う形代の群れから一枚の形代が下りてくる。

誰もが固唾を呑んでいた。

白い形代は、やがてひとりの少年の額に張り付いた。その下で、濃淡の違う墨色の目が丸々と見開かれる。

ザァ、と風に吹かれた葉擦れのような音とともに、形代が箱へと帰っていく。

形代が全て箱へ戻れば、残されたのは耳が痛いほどの静寂だった。

子供たちの横を通り抜け、職員が形代を貼り付けたままの少年の前に立った。軽く身をかがめ、少年の額から形代をそっと剝がす。

「あなたのお名前は？」

女性職員の少し低めの声が優しく無音の教室に響く。問われた少年は、少し困ったように眉を下げて微笑んだ。

「鍛炭《かすみ》六花《りっか》です」


二カ月後、新和十八年五月――。

「以上が侵食防衛時、民間人がとるべき対処法となる」

軍人然と仁武が言い放つ。

新緑の眩《まぶ》しい陽気の中、運動場の朝礼台前に集められた尋常小学校の生徒たちはうんともすんとも言わない。むしろどこか怯えてさえいるようだ。

「あー……何か質問は？」

難しいことがあっただろうかと、めくっていた紙芝居を振り返る。デッドマターの侵食警報があったときの対処法など、安全講習のために舎密防衛本部総務部広報課が用意した子供向けの教材だ。

「はい」

聞き覚えのある声に仁武は眉間に深いしわを刻む。生徒たちの後方で、生徒の一員のような顔で座った青年が、邪気のない笑みを浮かべて手を上げていた。気まぐれな男だ。退屈なら勝手にどこかに行くと思ったが、一緒になって聞いていたらしい。

「何でしょう、舎利弗 玖苑純壱位」

生徒たちは沈黙するばかりだ。くだらないことなら許さんと思いつつ、玖苑に発言を促した。

「鐵純壱位、キミは弟妹《きょうだい》に読み聞かせするときも、そんなふうに怖い顔をしているのかい？」

「……は？」

「それじゃあ、せっかく広報課が用意してくれた素晴らしい紙芝居の魅力も半減だよ！」

陽光を弾いてきらめく金髪を揺らし、玖苑はしなやかに立ち上がる。

「さあ、道をあけたまえ！」

玖苑が高らかに声を上げれば、玖苑の前にいた子供たちが座ったまま左右に分かれる。玖苑は満足げな笑みを浮かべると、完成した花道を王者のように悠然と仁武の目の前まで歩いてきた。

「ボクが手本を見せてあげようじゃないか」

挑発するように仁武を見上げ、玖苑はまるで舞台役者のようにくるりと子供たちに向き直る。たったそれだけで、子供たちの目は玖苑に釘付けだった。

「少年少女諸君！　この完璧なボクがもう一度分かりやすく教えてあげよう！」

パチパチと誰かが控えめに手を叩けば、波紋が広がるように拍手が伝播していく。こうなってしまえば玖苑の独壇場だ。仁武は深々とため息をついて場所を譲った。

（だから最初からそうしろと言ったのに……）

開始前に色々と注文を付けたからか、それとも気が乗らなかったのか、じゃあキミがやればいいよと早々に手を引いたのは誰だったか。軽くこめかみを揉みながらその場を離れる。

（笹鬼司令も無茶を言う……）

これまでも市民に向けて安全講習は行われていたが、出向くのは混の志献官や広報課の職員ばかりだった。だから、まさか仁武たちの所属する作戦部の志献官までが駆り出されるとは思ってもみなかった。笹鬼司令曰く、これも市民との交流、らしい。

（こういうとき、陸稀がいれば）

思い出して首を振る。失った仲間のことを考えていては前へ進めなくなる。仁武は意識的に記憶に蓋をして、顔を上げた。

「あの……」

「ん？」

ほんの束の間物思いにふけっている間に、目の前に少年が立っていた。講習はどうしたのかと玖苑の方を見れば、なぜか子供たちが全員立ち上がり、玖苑を中心に動き回っている。仁武のときには聞こえなかった子供たちの笑い声が聞こえた。随分盛り上がっているようだ。紙芝居を使っている様子はまるでない。本当に安全講習を行っているかは疑問だ。

やれやれ、と仁武は首を振り少年に視線を戻した。少年は仁武と目が合うと、自分から話しかけてきたにもかかわらず、怯えたように肩を揺らして俯いた。小さな黒い頭のつむじしか見えない。

「何か質問か？」

「えっと……」

少し腰をかがめて尋ねれば、少年の視線がうろたえたように泳ぐ。揺れる瞳の色が左右で違っていることに気がついたとき、意を決したような視線が仁武を見返した。

「どうしたら、志献官になれますか？」

「君は志献官になりたいのか」

「……ただ、知りたくて」

嬉しい気持ちと心配な気持ちが交錯する。少年は頷くでも首を振るでもなく目を伏せた。

「志献官になれるかどうかは適性検査の結果次第だ」

「適性検査……」

少年は考えるように呟いて顔を上げた。

「じゃあ、因子検査で因子ありと言われていたら？　そうしたら志献官になれますか？」

「それは……」

事前に目を通した資料によると、この学校では三月に簡易的な因子検査が行われたらしい。

検査はこれまで検査を受けたことがない全ての男子学生に対して実施されたが、因子ありと結果が出たのはたったひとりだ。

「……君の名前は？　何年生だ」

「鍛炭　六花、四年生です」

資料にあった名前と一致する。この子が、と仁武は六花を見下ろした。混の志献官に年齢制限はないが、それにしたって幼すぎる。

せめてあと数年後に、と思いながら仁武は答えた。

「学校などで行われる簡易検査は誤った結果が出る場合がある。防衛本部で正式な検査を行ったあと、様々な状況を鑑みて総合的に判断するんだ」

「総合的にって、どういう意味ですか？」

「それは」

仁武は怪訝《けげん》に思って屈《かが》めていた腰を伸ばした。志献官になりたいという子供の目は憧れと期待に輝いている。しかし、六花は何かが違った。純粋に夢を追いかけるわけではない切羽詰まった感情が瞳の奥に透けて見えるようだ。

「君は、何故志献官になりたいんだ？」

「おれ……」

六花は口ごもり俯いた。

志献官になるのに特別な理由が必要なわけではない。因子検査を受けるのは、結倭ノ国《ゆわのくに》の男子の義務であり、因子が発見されれば、よほど病弱だったり、元素力が基準に達していなかったりなどの理由がない限りは、志献官になる義務を負う。そこに志献官になりたいという意志の有無は関係ない。

六花の答えを待っていれば、六花は口を結んで着物を握り締める。今更ながら、六花の着物に柄とは別の不自然な色が付いていることに気づいた。一瞬そちらに気を取られている間に、六花はぺこりと頭を下げる。

「……答えてくれてありがとうございました」

「あ、おい……」

結局、理由も言わず、六花は校舎の方へと小走りに去っていく。追いかけようとしたその瞬間、わぁっと歓声が上がった。

ちょうど玖苑の安全講習が終わったようだ。講習を行っていた朝礼台の前から運動場の真ん中まで移動している。拍手と歓声を上げる生徒たちに向かって、玖苑はまるで舞台に立っているかのように胸に手を当てて一礼した。

「まったく、あいつは……」

今日の講習について学校で子供たちに感想文を書かせると聞いているから、本当に講習が行われていたのかはそこで分かるだろう。

仁武はため息をつきながら六花の去って行った方を見たが、その姿はもうどこにも見当たらなかった。


薄く色づいた陽光が、小学校の廊下に斜めに差し込んでいた。

「本日はお越しいただき、誠にありがとうございました」

深々と下がる禿頭《とくとう》を仁武は見下ろす。男はこの尋常小学校の校長だ。

「今日の講習でひとりでも多くの市民が安全に避難できるようになれば幸いです」

汗を拭きつつペコペコと恐縮する校長に仁武は苦笑を返した。

志献官を前にした民間人の多くは、特に反応しないか、好意的な反応をする場合が多い。しかし、中には今の校長のように過度にへりくだったり、逆に横柄な態度を取ったりする者がいる。志献官の力を恐れ、あるいは、特殊な力を持つ志献官のことを忌避しているのだ。この校長は前者である分、まだましだろう。

「ところで……舎利弗純壱位は？　お姿が見えませんが……」

「ああ……舎利弗は任務があって先に戻りました」

嘘だ。玖苑は講習が終わってしばらくは楽しそうに子供たちと戯れていたが、急に飽きたのか皆に笑顔をひとつ残して帰ってしまった。おかげで仁武は珍獣でも見るように遠巻きにされながら撤収作業を行い、今に至るというわけである。

「それでは失礼します」

深く詮索される前に、と仁武は軽く会釈をして来賓用の玄関から外へ出る。放課後の校庭では生徒たちが元気に駆け回っていた。

「お送りします」

少し眺めていると、校長に言われたのか五十絡《がら》みの女性教諭が声を掛けてくる。

「ありがとうございます」

仁武は礼を言い、先を女性教諭が行く形で校門へと向かった。小柄な彼女の歩幅に合わせてゆっくりと歩いていれば、ふと、校庭の片隅にある木の根元に人影を見つけた。安全講習のときに話しかけてきた鍛炭 六花だ。ひとりで何をしているのだろうか。

「鐵さん？」

足を止めていたらしい。怪訝そうに声をかけた女性教諭は、仁武の見ていた方向を見やると、ああ、と頷いた。

「鍛炭くんですね。前年度の因子検査で因子ありの結果が出た子です」

「彼はあそこで何を？」

少年は立てた膝元に視線を落としては遠くを見るように顔を上げる。その繰り返しだ。

「絵を描いているんですよ。毎日ああして、完全下校時間までずっと」

「絵を……そうですか」

だから着物が絵の具のようなもので汚れていたのか。顔を上げたり下げたりしているのは、今もスケッチブックを抱えながら写生しているからだろう。

「昼間、彼にどうすれば志献官になれるか聞かれました。進路に関して学校でご両親と話をしたりは？」

いくら人手不足だからといって、九歳の子供を本人の意志だけで志献官にはできない。女性教諭は困ったように頬に手を当てた。

「あの子の家は……その、少し、複雑で」

「複雑、ですか」

言いよどむ女性教諭に問い返せば、彼女は小さく首を振った。

「どうぞ、こちらです」

「ああ、はい」

急かされるように校門へと促される。その間も、仁武は切羽詰まったような顔で絵を描く少年の姿を横目で追っていた。


雨が窓を打っている。爽やかな初夏の空気は、早い梅雨の訪れにあっという間に湿気を帯びてしまった。仁武はここ数日続く雨空を見ながら防衛本部の司令室へと向かう。

「失礼します」

司令室に入り、視線を巡らせる。会議には純壱位が呼ばれているはずだが、自分の他に姿はない。このあともおそらく来ないだろう。いつものことではあるが仁武は頭の痛い思いがしてため息をつく。

「いてもいなくても変わらんさ」

まるで仁武の心を読んだように笹鬼は苦笑すると、仁武に座るよう促した。

「まずは君の話を聞きたい。源《みなもと》 朔《さく》と浮石《うきいし》 三宙《みそら》の様子はどうかね？　純の志献官になれる見込みはありそうか？」

「ええ。慣れないことばかりで戸惑いはあるようですが、それぞれのやり方で元素力を扱えるよう努力しているところです。浮石の方は器用ですぐに要領を摑んでいましたし、源の方もゆっくりとではありますが、着実に成長しています」

うん、と笹鬼は満足げに頷くと、すぐにその厳《いか》めしい顔に険しくしわを寄せた。

「これは本来、清硫に聞くべきなのだが、宇緑《うろく》についてはどうだ？」

「戦力的には申し分ないかと。ただ、自分は避けられているのかあまり話はできていません」

任務などを伝えるときの呼び出しにはかろうじて応じるが、それ以外で見かけることは滅多にない。

「そうか……では、塩水流はいや、これこそ清硫に聞くべきだな」

笹鬼はため息と共に首を振ると、神妙な顔で仁武を見つめた。

「純の志献官とは君の他にまともに話ができていないのだが、どうすればいい」

「それは……なんとも……」

仁武に聞かれても困る。それが分かっていれば、今ここに笹鬼とふたりきりでいないだろう。

「まあ、いい……本題に入ろう。ここのところ深刻化している志献官不足についてだ」

仁武の眉間にもきつくしわが寄った。この一年足らずの間に、新宿再生戦、鎌倉防衛戦で立て続けに純の志献官を失った。最近では十六夜の推薦で宇緑 四季《しき》が純の志献官になったが、ここ数年、混位から純位に昇位した志献官はいない。今は朔と三宙が純の志献官候補生として訓練を積んでいるが、それ以外にめぼしい人材はいない。

「これを見たまえ」

笹鬼は仁武に書類を差し出した。十数枚程度の紙束だ。仁武はそれを受け取り、順にめくって目を通す。適性検査の報告書のようだった。

「ここ半年の間に行われた適性検査の中で、志献官に足る資格のある者たちだ」

「……これだけですか？」

因子を持つ者は元々希少だが、それにしたって少ない。これでは、純の志献官どころか、混の志献官のなり手さえ確保できない。

笹鬼は頷き、椅子に背を預けた。

「しかも、いずれ純位になる可能性のある高い因子適合率を持つ者はわずか一名しかいない。最初の報告書がそうだ」

仁武は紙をめくる手を止め、一番上の検査結果を見た。

「……鍛炭 六花」

「まだ九つだそうだ」

笹鬼は自嘲気味に笑い目を伏せる。

「源や浮石を受け入れた私の言えたことではないが、純の候補生にするには幼すぎる」

「……そうですね」

縋《すが》るような墨色の瞳が仁武の脳裏をよぎった。

（あのときの少年か……）

この結果は本部で行われた適性検査のものだ。おそらく仁武と話してから受けに来たのだろう。まだ小学生だ。熱意があって志献官になりたいわけでもなさそうだった。志献官を目指すのは何か理由があるのかもしれない。

「……一度家を訪ねてみても構わないでしょうか」

「君がかね？」

「はい。今すぐ純の志献官候補生にしなくても、混六位から始めてもいいわけですし、ご両親の意向も聞かないと」

「そうだな……本来、純壱位である君に任せることではないのだが、頼めるか」

「問題ありません」

いくつか笹鬼と軽い打ち合わせをしたあと、仁武は司令室を辞した。窓の外は雨脚が強くなっている。

（今頃はまだ学校か……）

こんな雨の日でも、あの少年は最終下校時間いっぱいまで絵を描き続けているのだろうか。


休日になるのを待って、仁武は鍛炭六花の家へと向かっていた。いきいきと咲く紫陽花《あじさい》を横目に住宅街を進む。あいにくの雨のため、通りに出ている人はいなかった。

「この辺りのはずだが……」

住所を確認しながらゆっくりと歩いていると、不意に怒鳴り声が聞こえた。くぐもっていて何を言っているのかは判然としない。ただ、その語気の強さは尋常ではなかった。

「どこから……」

仁武は足を止め、番傘を傾けて上を見た。少し先の家の二階の窓が開く。かと思えば、間髪入れずに何かが投げ捨てられた。紙だ、と気づいたときには何枚もの紙が宙を舞っていた。それを追うように別の物も外へと投げ捨てられ、荒々しく窓が閉じる。

「何だ……？」

水たまりに落ちた紙を拾い上げる。裏返してみれば絵が描かれていた。学校の絵だ。見覚えのある校舎だった。

「これは……」

すっかり雨水に浸ってしまった絵を拾い集めながら、無残に折れた筆やバラバラに散らばった絵の具を見て手を止めた。絵のあとに捨てられたのがこれだろう。

それらも拾おうと手を伸ばしたときだった。勢いよく戸が開き、小さな人影が飛び出してくる。

「あ」

玄関の前にいた仁武と目が合うと、少年は怯《ひる》んだように動きを止めた。丸く見開かれた墨色の目は、泣きはらしたように赤い。鍛炭六花だ。彼は仁武が拾った絵に気がつくと、顔をゆがめてひったくるように奪い取った。ぐるりと何かを探すように地面を見回した六花は、折れた筆を見つけると崩れ落ちるように水たまりの中に膝をつく。

「君……」

一連の勢いにあっけにとられていた仁武は、六花に番傘をさしかけた。とりあえず立たせて話を聞こうと震える肩に手を乗せる。

「触らないで！」

激しく拒絶し、仁武の手を振り払う。仁武を睨む目から流れるしずくが、雨か涙かも分からない。

「っ」

六花はくしゃりと顔をゆがめると、脇目も振らずに走り出した。傘も差さず、何も履かず、煙《けぶ》るような雨の中に小さい背中が消えていく。

「……」

仁武は呆然と二階を見上げたが、窓のそばには誰の姿もなかった。


「……どこに行ったんだ」

仁武は小さな痛みを訴える右手を見下ろした。六花が絵を取り戻したときについたひっかき傷に血がにじんでいる。

ため息をつきながら、仁武は六花をすぐに追いかけなかったことを悔やんだ。この先に行けば尋常小学校にたどり着くはずだと思い浮かべながら注意深く周囲に視線を走らせる。

今日は小学校も休みだ。行ったとしても校舎には入れないだろう。それでも念のためにと向かってみると、六花は閉められた校舎のひさしの下で膝を抱えていた。

「鍛炭 六花くん」

傘を閉じながらそっと呼べば、六花はのろのろと顔を上げる。しゃくり上げるたびに肩が小さく跳ねていた。

「大丈夫……では、ないな」

胸と抱えた膝の間で濡れてしまった絵がくしゃくしゃになっている。左手には折れた筆が固く握られていた。

髪からはポタポタとしずくが垂れていっそう哀れだ。あいにくと手拭いなどは持っていなかったため、代わりに志献官の上着を掛けてやる。仁武の制服は小さな六花にはずいぶんと大きかった。

「俺を覚えているか？」

「……志献官さん」

小さな返事が返ってきたことにほっとする。仁武が間を空けて隣に座ると、六花はさらに少しだけ距離を取った。

「何があった？　親と喧嘩をしたのか？」

六花は唇を噛み締めると、膝を抱えた腕に顔を埋めてしまう。答える気はないようだ。

「こんなところにいると風邪を引いてしまうぞ」

早く帰った方がいい、とは言えなかった。事情は分からないが、家には帰りづらいだろう。他人の家の事情に首を突っ込むものではないが、子供が雨に打たれて途方に暮れているのに見過ごすこともできない。

「どこか行く場所はあるか？　親戚の家とか」

「……少ししたら、帰ります。だから、放っておいてください」

断固とした拒絶だった。仁武は、しかし、と続けようとして、吐き捨てるような六花の言葉に口を閉じた。

「どうせ、他に行く場所なんてありませんから」

「……」

「どうせ、おれなんか何にもなれないし。どうせおれなんか、何をしたって……」

声も身体も震えていた。背中を叩いて慰めようと手を伸ばしかけて思いとどまる。仁武が掛けた上着の下では自分の身体を守るように、依然として六花はきつく膝を抱えていた。

「君はまだ、志献官になりたいと思っているか？」

膝を抱えたまま六花は答えなかった。仁武は急かさずに六花の答えを待つ。

「……はい」

それは雨音にかき消されてしまうほど小さい、けれど、確かな意志だった。

※　※　※

新和二十一年──。

鉄塔の上から沈んでいく夕日を眺めながら、六花は眼下に広がる燈京の町並みを描いていた。職務中にあまり褒められたことではないが、結界に何かあるときは観測部が先に侵食圧の上昇を感知する。警戒を強めるのはそれからで十分だ、と先輩志献官は言っていた。

「……明日も晴れそう」

六花はふう、と息を吐き出し茜色の空に目をやった。燈京の上空には雲ひとつない。今夜は星も綺麗に見えるだろう。

「交代の時間だよ、鍛炭くん」

ぽんと肩を叩かれて、六花は反射的にスケッチブックを胸に抱えた。交代に来た混の志献官だ。名前は何だっただろう。

「……お疲れ様です」

「お疲れ様です。今日も絵を？　いつもどんな絵を描いているんだ？」

「別に、何も。失礼します」

六花は彼に見えないようにスケッチブックを閉じると、そそくさと立ち上がった。鉄塔の支柱に沿って付けられたひとり用の昇降機に乗り込み、地上へと向かう。ゆっくりと下りていく鳥かごのような昇降機のかごの中で、六花はほっと息を吐き出し、格子に寄りかかる。

かごが下っていくほどに夕日が見えなくなって、夜に呑まれていくようだった。

（……もう、三年経つんだ）

鐵純壱位が家を訪ねてきて三年。あのあと、防衛本部と両親の間でどんな話があったかは分からない。けれど、志献官の養成所に入ることが決定した六花は、夏休みに入ると同時に家を出た。混六位を経て去年混五位に昇位した六花は、今は鉄塔で働いている。

鉄塔での主な仕事は元素結界に元素力を注いで維持することと、周囲の警戒だ。鉄塔勤務の志献官は、燈京を囲む六本と中央にそびえる一本の、計七本の鉄塔に輪番体制で二十四時間詰めている。しかし、詰めている時間の大半は暇を持て余しているのが現状だ。

六花はぎゅっとスケッチブックを抱き締める、地上に着いた昇降機のかごから降りた。地上はもうすっかり夜が訪れていた。空には夕方の名残がわずかに赤く尾を引いている。

六花は今の仕事が好きだった。防衛本部に来てから、日々は怖いくらいに穏やかだ。デッドマターの襲撃は時折あるものの、鉄塔にいる限り危険はない。侵食圧が低い日には、海の向こうに旧世界の風景がぼんやり見える。いつか行ってみたいと、外の世界に思いを馳せては空想に浸る、そんな毎日だ。

(今のままでずっといられたらいいな……)

そんなことを思いながら防衛本部に戻ってきた頃には、すっかり夕飯の時間だった。食堂は六花と同じく食事を取りに来た志献官や職員たちで賑わっている。

(空いてる席は……)

焼き魚定食を頼んで席を探す。ちょうど空いていた席に着き、いただきますと手を合わせたところで声がした。

「おや、六花くん、お疲れ様です。ご一緒しても?」

許可する間もなく正面の空いた席に声の主が座る。人の良さそうな笑みを浮かべているのは、六花の両親よりもいくらか年かさの男だ。

「世志田《よしだ》さん……」

六花と同じ、混五位の志献官だ。初めて会ったときからずっと、子供の六花にも敬語で話しかけてくる不思議な人だった。

「いやはや、疲れましたな。お腹もペコペコだ」

いただきます、と手を合わせ、世志田が食事を始めてしまう。露骨に避けて立ち上がるのも気まずい気がして、六花も小さくいただきますと呟いた。

「聞いてくれますか、六花くん。女房がね、友達と観劇に行くから今日の夕飯は外で食べてきて、なんて言うんです。だから六花くんがいてくれてよかった」

「はあ……」

なにが〝だから〟なのか。六花は生返事をしながらもそもそとご飯を食べる。

(こういうの、好きじゃないのに……)

誰かと一緒に食事をするのは慣れない。何か粗相をしてしまうのではないかと緊張する。食べているところを見られるのは苦手だった。

(なんで構ってくるのかな……)

六花が混六位として入ってきたときから、世志田は何かにつけて世話を焼こうとしてくる。遠回しに断ろうとしても通じたことがない。いや、通じていて無視しているのかもしれなかった。

(……いやだな)

どうして話を聞いてくれないのだろう。

みぞおちの辺りが気持ち悪くなってくる。一気に食欲もなくなってきた。お腹は減っているはずなのに、一口を口に運ぶのも苦痛になってくる。カチン、と箸の先が茶碗にぶつかって音を立てた。

「おや」

「っ!」

六花はびくりと肩を震わせた。やってしまったと身構えて顔を上げれば、世志田は全く別の方向を見ていた。

「純位のお三方だ」

「え?」

つられて見てみれば、純の志献官の制服を着た三人の少年が賑やかに食堂に入ってくる。鉄塔勤務をして純の志献官と顔を合わせることはない六花だが、それでも彼らの顔と名前は知っていた。

一番小柄な少年が源　朔純弐位、彼と何か言い合っているのが浮石　三宙純弐位、そして、その言い合いに慣れた様子でいるのが安酸《やすかた》栄都《えいと》純参位《じゅんさんみ》だ。

「いやあ、あの若さで純位なんてすごいなぁ。私なんて、この年になっても混四位にもなれやしないんだから」

「……」

現状に満足している六花には、混四位になるなんてどうでもいい話だ。

「若いといえば、純の志献官は皆さんお若い。一番年上の清硫殿でさえ、確か三十の半ばでしたかね?　私よりもいくつも年下なんですよ」

若い若い、と首を振りながら、世志田は味噌汁をすすった。

「んっ、久々に食べる食堂の料理はうまいなぁ」

ねえ?と同意を求めるように戻ってきた視線に六花はチラリと視線を向ける。ろくな返事もしないのに、世志田は好きに喋《しゃべ》り続けていた。

「ところで六花くん。君は純の志献官は目指さないんですか?」

「おれは……戦いとか、向いてませんから」

「まあ、デッドマターと最前線で戦うのは確かに怖い。それは分かります。けど、六花くんは向いているんじゃないかと思っていましてね」

「おれが、ですか？」

瞬きをする六花に世志田はにっこりと笑った。

「だって、君は自分の元素が何か分かっているでしょう？　混の志献官は、私も含めてだけれど自分の元素が何かなんて分かっちゃいないんです。それに、鉄塔勤務の混四位から聞いたことはありませんか？　六花くんの元素力はとても純度が高くて引き出しやすいって」

「いえ、特には」

そもそもいつも必要最低限の言葉を交わすだけで、雑談することはない。六花はいつも絵を描いているから、わざわざ話しかけようとする人もいなかった。

「そうか……いかんなぁ。今度きちんと伝えるよう言っておきますよ」

「いえ、そういうのはいいです」

聞いたところで何かが変わるわけじゃない。むしろ気が重くなるばかりだ。

「いやいや。良い言葉は心の栄養ですからね。聞いておいて損はありません。ああ、そうだ。この話は聞きました？　例年の試験とは別に、近々混五位六位を対象に混四位の昇位試験を行うって」

「いえ……」

初耳だった。絶対受けなければならないのだろうかと六花は眉根を寄せる。世志田はテーブルの上に軽く身を乗り出すと小声で言った。

「どうも、新しい司令殿の指示らしい。混六位にまで混四位の昇位試験を受けさせるなんて……ほら、本来なら、混六位は賦活処置の対象じゃないでしょう？　なんとしても、混四位と純の志献官の数を増やしたいみたいですね」

「新しい司令、ですか……」

　前任の笹鬼司令には防衛本部に入る前に一度だけ会ったことがある。怖い顔をした人だったが、悪い印象はあまりなかった。去年横浜で起こったデッドマターの侵食防衛失敗の責任を取って辞めたと聞いている。

　現在の新しい司令に関しては、顔も名前もよく知らない。ただ、あまり評判が良くないということを小耳に挟んだくらいだ。

「まあでも、悪い話ではありませんな。混四位になるために一次賦活処置を受ければひとりで元素力を外に出せるし、うまく行けば元素術だって使えるようになるかもしれません」

「元素術……」

「おや、座学で習いませんでしたか？」

「習いました」

　元素力は志献官ならば誰しも身体に宿している。ただ、それを外に出す術を持っていない。一次賦活処置を行うと、元素力を体外に放出できるようになり、元素力を宿す混五位、六位からも元素力を引き出すことができる。六花も今は、一緒に勤めている混四位の志献官に元素力を引き出してもらって元素結界に力を注いでいた。

混五位、六位とは一線を画す混四位だが、元素力を扱えたとしても、元素術を使うまでには至らない。

元素術は簡単にいってしまえば特定の元素を自在に操る術のことだ。賦活処置を受けて混四位の志献官になったとしても、特定の元素と結びついていなければ元素術を使うことができない。そのため、純の志献官になる資格があるのは、特定の因子と結びつき、元素術を使える限られた者だけだ。

「いい機会だから私も受けてみようと思っているんです。どうです？　六花くんも」

「……」

別に興味はない。そう言う代わりに俯いて焼き魚を口に運ぶ。黙り込んだ六花にも構わず、世志田は続けた。

「それにねぇ、もしも純の志献官になれれば、結界の向こうに行くのも、侵食領域に入ることもへっちゃらなんだそうです」

「結界の、向こう？」

反応した六花に世志田は笑みを深めて、うんと頷いた。

「私が子供の頃なんかはまだここまで侵食が酷くなくてね。旧世界にも住めるところはたくさん残っていました」

世志田は思い出を懐かしむように遠くに視線を向ける。

「私が志献官になろうと思ったのも、思い出の風景を取り戻したかったからなんです。自然であれ、街並みであれ、外の世界は美しくて自由だ。デッドマターなんかに呑まれてしまったことが、惜しくてたまりません」

六花はこの数年間で初めてじっくりと世志田の顔を見つめた。六花は燈京から出たことがない。外に住んでいた人の話を直接聞いたのは、六花に絵を教えてくれた学校の先生以来だ。

「外の世界は、そんなに……？」

「おや、やはり気になりますか。六花くんはよく外の風景を描いているからそうじゃないかと思った」

「……」

嬉しそうな顔をする世志田に耳がかっと熱くなる。六花はテーブルに視線を落とした。

「だからね、外の世界を見るためにも、純の志献官を目指してみるのもいいと思いますよ」

「いえ、おれは……」

言いかけたところで、六花は定食の横にモルが立っているのに気がついた。

「鍛炭六花混五位ですね」

幼い子供のような声を聞いて、目を瞬かせる。

「えっと……？　おれ、ですか？」

「司令がお呼びです！　司令室まで来てください」

六花は思わず世志田を見た。世志田も分からないというように首を振る。

何かしてしまったのだろうか。それともとうとう鉄塔で絵を描いているのを咎《とが》められるのだろうか。

「……」

雨空に放り出された絵と真っ二つに折られた筆が脳裏によぎる。

また否定されたら、今度こそ、自分は。


「お前が混五位の鍛炭 六花か」

司令がじろじろと六花を見つめる。笹鬼は顔が怖かったが、優しい目をしていた。だが、新司令が六花を見る目は恐ろしくて不快だ。こんな目をよく知っている。居心地の悪さに俯くと、六花は身体の前で重ねた両手に力を込めた。

「命令だ。今度行われる昇位試験で、必ず一次賦活処置を受けるように」

「……え？」

顔を上げた六花に新司令は冷たい視線を向けた。

「拒否するつもりか」

「いえ……その……どうして、おれなんですか」

六花は再び顔を伏せた。威圧するように新司令がため息をつく。

「むしろ何故今まで放って置かれたのか理解できんな。現在混の志献官の中で最も高い因子適合率があるのがお前だ。これも笹鬼の怠慢だな。子供だからと目こぼししたのだろうが、これからはそうはいかない」

「でも、おれは……」

「志献官になったのなら、この国に命を捧げる覚悟があってのことだろう。今更文句でもあるのか」

「……」

「以上だ。分かったのなら行け」

取り付く島もない。六花は戸惑いながらギクシャクと司令室を後にする。

「チッ、化け物の分際で」

扉が閉まる瞬間聞こえた吐き捨てるような言葉に六花は背筋を凍らせた。酷い目眩がする。

「……」

六花は小さく震えながら司令室の前で立ち尽くした。こんな所にいれば、いずれ出てきた司令に悪態をつかれるだろう。それでも足は動いてくれそうにない。

「鍛炭六花？」

聞き覚えのある声にハッと顔を上げる。鐵純壱位だ。会うのは防衛本部に入って以来だった。一緒にいた青年が無遠慮に六花をのぞき込む。有名な、あの舎利弗玖苑純壱位だ。

「やあ、浮かない顔だね。中の分からず屋に何か言われたのかい？」

「玖苑、やめろ」

聞こえるだろう、と仁武がたしなめる。肩をすくめる玖苑を横目に、仁武は穏やかな顔で六花を見下ろした。

「久しぶりだな、見ない間に大きくなった」

「……お久しぶりです、鐵純壱位」

「もしかして」

ずいっと玖苑が六花の顔を再びのぞき込んでくる。六花は思わず目をそらした。全体的にキラキラして、近い。それとなく離れようとする六花に、玖苑は一歩近づいた。

「キミ！　仁武が前に言っていた、純の志献官になるかもしれない逸材だろう？　未来の仲間にお近づきのぎゅーだ！　さあ、遠慮は無用だよ！」

「え……」

両手を大きく広げる玖苑の後ろ襟を仁武が無造作に引っ張った。

「やめないか。子供を困らせるんじゃない。すまない、こいつのことは気にしないでくれ。もう部屋に戻るといい」

「……はい、失礼します」

さっきまで足が動かなかったのが嘘のように、六花は足早にその場を離れた。途中ちらりと振り返ると、玖苑がにこやかに手を振る。

(純の志献官になるかもしれない逸材？　おれが……？)

言い方は違うが、新司令が言っていたことと内容は変わらない。けれど、新司令に言われたのとは違って、胸の中がどこかくすぐったいような気がした。

六花は足を止め、踵《きびす》を返してふたりの元へと戻る。

「あの……聞いてもいいですか？」

「いいとも！　なんでも聞いてくれたまえ！」

眩しいほどの存在感に一瞬怯む。こういう人が一番苦手だ。やっぱりやめておこうかと足を引きかけて、六花はこらえた。

「……おふたりは、デッドマターから結倭ノ国を取り戻せると思いますか？」

笑みを浮かべていた玖苑の目に真剣な色が宿る。それでも穏やかな表情はそのままに、玖苑は自信に満ちた様子で頷いた。

「もちろんさ！　必ず取り戻してみせるよ。何といっても、このボクがいるんだからね！」

すごいな、と純粋に思った。こんなふうに自分に自信を持ったことなんか、六花にはない。

仁武を見た。苦笑を浮かべているが、六花と目が合うとひとつ頷く。

「必ず救えると、そう信じて戦っている」

六花はさっと目を伏せた。不意に込み上げた感情で胸が苦しい。

「……ありがとう、ございました」

六花はなんとかそれだけ言うと、一礼してふたりに背を向けて走り出す。

恥ずかしかった。自分がぼんやりと鉄塔から遠くを眺めて絵を描いている間に、結倭ノ国を守るために戦っている人たちがいる。世志田にだって、志献官になった理由があった。

(じゃあ、おれは？)

家からただ逃げたくて、寮があるからと逃げ込んだのが防衛本部だ。結倭ノ国を守ろうなんて一度だって考えたことがない。ここにいるためには仕方ないから、絵を描くのにもちょうどいいからと、仕事をこなしていただけだ。

その六花の目には、仁武も玖苑も眩しすぎた。世志田でさえ。

「おれは、何をしてるんだろう」

本部と寮をつなぐ渡り廊下で立ち止まる。柱に手をついて息を整えた。

Fe

みんなはあれこれ言うけれど、賦活処置を受けたって、そんな簡単に元素術が使えるようになるはずがない。まして、純の志献官になるよう求められるのかもしれないなんて、自意識過剰もいいところだ。たとえその資格があったって、六花には背負いきれない。あの人たちと肩を並べて戦うなんて、そんなこととてもできない。

(でも、おれだって……おれにだって、できることはある)

賦活処置を受けて混四位の志献官になれば、あの眩しい人たちの助けになることはできる。そうしていつか結倭ノ国を取り戻せたら、美しい外の世界へも行けるかもしれない。

「そうしたら……おれも少しは、自分を信じられるかな」

背筋を伸ばし、空を見上げる。そこには、今にも降ってきそうな満天の星が瞬いていた。


「おや……」

数日ぶりに会った六花の顔を見て、世志田は丸く目を見開いた。いつも背中を丸めて俯いてばかりいる子が、今日は真っ直ぐ前を見つめている。

「やはり、六花くんも昇位試験を?」

「はい。試してみようと思って」

緊張しているようだったが、声には力がみなぎっていた。隣に並ぶ六花に、世志田は相好を崩す。周りには昇位試験のために、賦活処置を受けに来た混五位、混六位の志献官ばかりだ。誰も彼も、世志田よりずっと年下の青年たちだ。

混四位になれない者は世志田の年ほどになれば、昇位試験など受けても無駄だと諦める。世志田だって、六花に受けようと提案していなければ出てくることはなかっただろう。

（六花くん、君は嫌がるだろうけど）

世志田は気づかれないように小さく笑う。

（私には希望に見えたんだ）

六花が来る少し前、前任の笹鬼司令が世志田の元へ直々にやってきた。いずれ純の志献官になるかもしれない子供だから気に掛けてやってほしいと頼まれたのだ。

まだ年端もいかぬ小さな子供だった。周りのもの全てに警戒し、怯えているような子供だった。そんな子供にこの国の未来を託すなど、これほど残酷なことはない。

それでも、世志田には予感がした。いつかこの子は、本当に自分の手の届かない高い場所へ行くのだろうと。

「六花くん。どちらかが混四位になれなくても、恨みっこなしです」

「え……？」

ぽかんと見上げてくる六花に片目をつむれば、いつも居心地が悪そうな顔をしている少年は、小さく笑った。

「頑張ってみます」

その笑顔と答えで全てが報われる。

世志田が満足して頷くと、ちょうど昇位試験の担当官がやってきた。

年甲斐もなく緊張する。けれど、世志田には予感があった。決して悪い結果にはならないだろうと。

（終わり）

断章―五―　名探偵玖苑の華麗なる事件簿

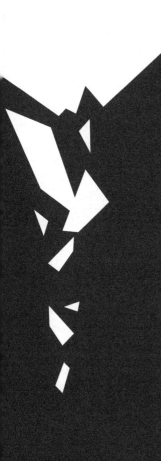

やあ！　ボクだよ。

……え？　まさかボクを知らないのかい？　そんな人がこの燈京《とうきょう》にまだ残っているなんてね！

ボクは舎利弗《とどろき》　玖苑《くおん》純壱位《じゅんいちい》。舎密《せいみ》防衛本部作戦部所属のフッ素の志献官《しけんかん》さ！

ふふ、驚いてくれたみたいだね。その顔が見たかったんだ。

今日はキミたちにボクの華麗なる活躍をひとつ話してあげようと思ってね。

ああ、安心してくれたまえ。デッドマターとの戦いの話は、今日はしないでおくよ。もっと愉快な話さ。

聞きたいだろう？　そうだろうとも！　遠慮なんかいらないさ。ボクの語らいに耳を傾けるといい！

はじまりは、とある夏の夜。寝苦しいほどの暑さだった。どの家も窓を開け放って眠るくらいにね。

そう、何か事件が起こるにはうってつけの夜だった。

※　※　※

じっとりとした夏の夜半《よわ》。暗闇にぽつりぽつりと明かりが現れる。

ゆらゆら、ゆらゆら。辺りを窺うように集まる三つの提灯《ちょうちん》の光は、ぼんやりと闇の中に人影を浮かび上がらせた。

まとわりつくような夜の空気に、虫の声が響く。その音に足音を忍ばせて人影が集《つど》った。

「……おう」

提灯の明かりに互いの顔を確かめて、男たちは言葉少なに挨拶を交わす。

「持ってきたか？」

「ああ、バッチリだ」

声を潜め、歯を見せて笑い合う。男のひとりは汗を拭いながら、抱えた一升瓶を持ち上げた。

「ほうら。命の源だ」

ほぅ、と誰ともなく感嘆が漏れる。提灯の明かりに照らされて、男たちの目に期待が満ちた。

ひとりは待ちきれないと言わんばかりに舌なめずりをし、またひとりはゴクリと喉を鳴らす。

「さあ、グズグズしてないで始めようじゃねえか」

クツクツと男たちの不気味な笑い声がさざめいた。


「また出たぞ、妖怪フシューだ！」

暑さなどものともせず、日に焼けた少年が嬉々とした声を上げて燈京の駅前を駆け抜ける。

駅前で祭りの準備をしていた大人たちは、子供の言葉に眉をひそめた。

「また出たんですって？　これで何回目？」

「何か悪いことが起こるんじゃないだろうね……」

子供たちのように、本当に妖怪が出ただなど信じる者はいない。だからこそ切実に、大人たちは恐怖していた。

ここは結倭ノ国《ゆわのくに》の首都、燈京。世界はデッドマターに侵食され、滅びゆこうとしている。人々はひたひたと近づく滅亡の危機に気づかぬふりをして、何食わぬ顔で毎日を生きていた。

そうやって知らぬ顔で生きていられるのも全て、燈京が元素結界《げんそけっかい》によって守られているからだ。燈京のどの方角を見ても、必ず一本は鉄塔が見える。合計七本の鉄塔で張られた元素結界の中は、よほどのことが無い限り安全だった。

「何も起こらなきゃいいんだけど……」

駅前に店を構える商店の女性は不安げに顔を上げた。視線の先にある、一等背の高い鉄塔の下にあるのが、この結倭ノ国を守る舎密防衛本部だ。

その心臓部とも言える司令室で、鐵《くろがね》仁武《じん》は頭痛をこらえるようにこめかみを押さえていた。精悍《せいかん》な顔の眉間には、悩ましく深い縦じわが刻まれている。

「失礼しまーす、今日も司令の姿ナシ、っと。おじさんに何か用だって？　仁武」

カラン、コロン。下駄《げた》を鳴らし、飄々《ひょうひょう》と司令室をのぞき込んだのは、清硫《せいりゅう》十六夜《いざよい》だ。着流しに志献官の制服を肩に掛け、無精ひげもそのままに暑いねぇ、と世間話を始める。

「十六夜……」

仁武は重々しく口を開いた。司令室に他に誰も人がいないことを確認し、さらに続ける。

「この一週間、夜はどこで何をしていた？」

十六夜はひとつふたつと瞬いて、頬の傷から顎の無精ひげを撫《な》でた。

「ええ？　屋台でご飯食べたり、いつも通りその辺ふらふらしたり？」

およそ純壱位の志献官とは言えない返答に、仁武は深々とため息をついた。

「真面目に答えてください」

「おじさんいつでも真面目よ？　なんでそんなこと聞くんだ？」

「……今、燈京で騒がれている異臭騒ぎを知っていますか？」

「あーあー。知ってる知ってる。ガキどもが妖怪が出たーってはしゃいでるヤツだろ？　無邪気だねぇ」

妖怪の件は初めて聞いたが、仁武は素知らぬ顔で頷《うなず》いた。

「現場から有害物質は今のところ検出されていませんが、市民たちから不安の声が上がっています」

「へー？　まあ不安にもなるだろうさ。それで？　おじさんと何の関係があるって？」

「市民の一部から志献官によるものではないかという苦情が入ったことを受け、詳細な報告書を提出せよと、塚早《つかさ》司令からのお達しです」

「はあ？　もしかして、おじさん疑われてんの？」

「おそらくは。特にあなたと一那《いちな》の動向を明らかにしろと」

「〝異臭〟だから？　ハッ、相変わらず馬鹿だねぇ。よーっぽど俺ら志献官が嫌いと見える」

十六夜は冷ややかに笑う。口調は軽かったが、目が笑っていなかった。

塚早司令は、横浜防衛戦の失敗で引責辞任をした笹鬼《ささき》の後任でやってきた男だ。司令となってもうじき二年が経つが、防衛本部内の評判はすこぶる悪い。

「あちらも本気ではないでしょう。苦情が来ているのは事実のようですし」

「あー、保身ついでの嫌がらせか。やだやだ。そんな大人にゃなりたくないねぇ」

「……」

仁武は十六夜を胡乱《うろん》げに一瞥《いちべつ》すると、気を取り直すように咳《せき》払いをした。

「もう一度聞きます。この一週間、夜にあなたと一那は何をしていたんですか？」

十六夜は不適に口角を上げてみせた。

「機密ってヤツさ。もちろん、異臭騒ぎとは何の関係もない」

「……でしょうね」

予想していた答えを得て、仁武はやれやれと肩の力を抜いた。十六夜の〝任務〟には命令系統が違う非正規任務もある。司令でも口を出せない領域だ。

「にしても、司令殿は相当こじれちまってんなぁ。本部《こっち》出てこなくなってどのくらいよ」

「……三カ月か、そのくらいですね」

「あらら。いい大人がねぇ。脅しが効きすぎちまったかな」

「……面目ない」

およそ三カ月前、仁武は塚早の志献官に対する考え方と扱いに異議を唱えた。そのこと自体は後悔していないが、まさかいい大人がへそを曲げて出て来なくなるとは思ってもみなかった。

「ったく、どうせ役に立たないんだ。出てこないのは構わんが、余計な仕事を増やさないでほしいもんだぜ」

「手伝ってくれてもいいんですが。十六夜？」

「えへへぇ？　おじさんにはちょっと難しいかなぁ」

　へらりと笑い、十六夜がちらりと出入り口の方へ視線を向ける。隙あらば逃げるつもりだ。仁武はさりげなく方向転換しようとする十六夜を半眼で見やると、小さく息を吐いた。

「まだ話は終わっていません。異臭騒ぎの件です」

「そりゃもう終わっただろ。俺と一那は犯人じゃない。それ以上何がある？　あとは警察の管轄でしょうが」

　仁武だってそう司令に伝えた。防衛本部は対デッドマターに特化した組織だ。デッドマターとは関係のない、市民の日常で起こる事件に対する責任はないし、捜査する権限もない。

「それでも詳細な報告をと。今日中に、だそうです」

「えー？　もしかして、おじさんに調べて来いって言う？　このくっそ暑い昼日中《ひるひなか》にお出かけなんてしたら死んじゃうって」

「……」

　確かに十六夜は保身のために嫌がらせをするような大人ではない。だが、下の者たちに示しの付かない大人ではある。

（……昔は違ったんだが）

　仁武が純参位《じゅんさんみ》の新人だったときに指導してくれていたのが十六夜だ。生活態度こそ緩かったが、訓練は厳しかった。その印象が今も強烈に仁武の中に残っている。それが今はどうだ。

「そうだ。四季《しき》にでもお願いしよっかな～」

　大抵のことは人任せ、若い志献官たちの指導もしない大人になってしまった。仁武が知る限りでは、宇緑《うろく》四季が最後の教え子だ。

「やってくれるでしょうか」

人当たりはいいが、従順とは言えない性格だ。特に十六夜に対して当たりが強いのを何度も目にしている。

「そこはほら。誠心誠意、心を込めてお願いを」

十六夜が言い終わる直前だった。

「話は聞かせてもらったよ！」

バン！と叩きつけるような勢いで扉が開く。長い金髪を三つ編みにした美丈夫、舎利弗玖苑の登場に、仁武は額を押さえた。

「玖苑……ドアが壊れるだろう。静かに入れ」

玖苑は風でもまとっているかのようにふわりと肩の制服をなびかせている。自分の部屋のように司令室に入ってくると、悲しげに眉尻を下げてみせた。

「異臭騒ぎだって？　ボクたち志献官が疑われているなんて悲しいね」

「そーなの。おじさんと一那が疑われちゃっててさ～」

くすん、と泣き真似をした十六夜を、玖苑は冷めた目で一瞥する。

「十六夜はともかく、一那を疑うなんてね！　ここはボクが一肌脱ごうじゃないか！」

「やめろ。大人しくしているんだ」

「おじさんはともかくって酷くない？」

止めようとする仁武にも、不満を言う十六夜にも目もくれず玖苑は朗らかに笑う。

「遠慮はいらないよ！　ボクにかかれば、事件なんてあっという間に解決さ！」

「遠慮なんかしてない。頼むから引っかき回さないでくれ」

「それに、たまにはボクも仁武を手伝おうと思ってね。こんな面白そうなこと、放っておけるはずがない！　朗報を待っていたまえ！」

「あ、こら、玖苑！　人の話を……」

玖苑は華麗に踵《きびす》を返すと、あっという間に司令室から出て行ってしまった。

「あはは。相変わらず元気だねぇ」

「見てないで止めてください」

「ええ？　おじさんもうあの勢い止める元気ないよ」

無理無理、と十六夜は首を振る。その顔は言葉とは裏腹に愉快そうだ。

「ま、適当にやらせておけば？」

「誰にしわ寄せが来ると思ってるんですか」

うめく仁武に、十六夜は軽く腕組みをして首をかしげた。

「お前さんも真面目だなぁ。あっちが調べろっつったんだから、やることやりましたーでいいだろ」

「しかし……」

「そんなだから、向こうも調子に乗って嫌がらせしてくんだよ」

それは分かっているが、司令不在の業務に関しては仁武の判断を仰ぐようにと塚早から指示が出ている。混の志献官たちや職員のためにも、何もしないというわけにはいかない。

「誰かがやらなければ」

判断をするのはいいのだ。問題は、仁武に何の決定権もないということだ。必ず最後には仁武が塚早の承認を得なければならないということが、地味に効いている。

十六夜はやれやれと肩をすくめた。

「笹鬼司令が恋しいねぇ」

「そんなこと言っても仕方ないでしょう」

仁武は目を伏せた。故人を恋しがったところで何の意味もないことは、仁武も十六夜も痛いほど身に染みている。

「そうだけど。まあ、これ以上ヤツが調子に乗るようなら……仁武、俺がどうにかしてやろうか？」

軽い口調だが、不穏な気配を感じて仁武は首を振った。

「だったら真面目に仕事してください」

「え～？　おじさん大真面目なのにー」

さっと不穏が消え去ったことに安堵する。しかし、安堵などしている場合ではなかった。問題は、飛び出していった玖苑だ。今からでも追うべきかどうか迷い、結局その場で首を振った。

「……玖苑が何かしでかさなければいいんですが」

「そ？　何かしでかしてくれたらって、おじさんちょっと期待してるよ。お前さんもじゃない？」

にやりと笑う十六夜から、仁武はそっと視線を外したのだった。

玖苑は風を踏むように軽やかに、防衛本部の廊下を征《い》く。彼が通り過ぎた後には、甘い白百合の香りが漂った。

上機嫌な鼻歌は、周囲の人々の口元を綻ばせる。今日も寿命が延びた。誰かがそう呟《つぶや》くのはいつものことだ。

そんな彼が闇に潜るように階段を下りていった先は、防衛本部の地下牢《ろう》だ。危険人物を収容しておくための地下牢は、外の暑さなど知らないようにひやりと涼しい。

薄暗い地下牢でも、玖苑の足取りが鈍《にぶ》ることはない。どこに行くにも変わらぬ足取りで玖苑は奥を目指した。

一番奥の独房から玖苑のもとまで殺気が届く。刺すようなそれも意に介さず、玖苑は鉄格子の扉を開けた。

「やあ、一那。入るよ！」

「来るな。勝手に入るな」

マスク越しの嗄《しわが》れた低い声が闇を震わせた。まるで毛を逆立てた猫のような剝き出しの警戒心など、玖苑にとっては些末なことだった。

入るなと言われても、牢には鍵も掛かっていない。そんな扉が玖苑の行く手を阻むのに、何の役に立つだろう。

塩水流《しおづる》一那は影の深い場所に身を潜め、玖苑を睨み付けていた。

「何をしに来た、クオン。早く消えろ」

「一那。ボクと一緒に、異臭騒ぎの犯人を探しに行こうじゃないか！」

「……何の話をしている」

「キミが潔白だってことは分かっているよ。一那なら異臭だなんてつまらない痕跡は残さないだろうからね。なのに、分からず屋の司令ときたら……疑われるなんて可哀想に。ボクがぎゅーしてあげよう！」

「いらない。それ以上近づくな！」

伸ばした両手をするりと逃げられても玖苑は気にせず肩をすくめた。

「だからどうかな？　ここはひとつ、ボクらで真犯人を捕まえるのは。きっと楽しいはずだよ。せっかくの夏に地下にこもっているなんてもったいないと思わないかい？　一夏の思い出作りをしようじゃないか！」

「うるさい、黙れ！」

一那は耳を塞いだ。玖苑のよく通る声が、わぁんと地下牢に響いていた。

「……誰が何を疑おうと、オレには関係ない。失せろ」

「全くつれないね。……分かったよ、ボクに任せてくれたまえ！」

「……おい。おい、何が分かったんだ」

怪訝《けげん》にする一那を尻目に、玖苑は自らの胸に手を当てて、高らかな宣言を地下牢に響かせた。

「この名探偵玖苑、必ずこの異臭騒ぎの謎を解き明かしてみせようじゃないか！」

「は……？」

一那は呆然とした。玖苑への不快を通り越した先にあったのは、不可解な事象に対する戸惑いだ。そんな一那を置き去りに、颯爽《さっそう》と玖苑は独房を出て行く。

「……アイツは何を言っているんだ？」

ぽつりとこぼれた一那の言葉は、マスクの内側で儚《はかな》く消えたのだった。


やあ、ボクだよ！

そんなこんなで、異臭事件の調査が始まったんだ。

ボクら志献官を犯人扱いだなんて、全く心外にもほどがある。そう思わないかい？

十六夜と一那は何年も純壱位でやってきたんだ。何かするにしたって、そんなお粗末な痕跡を残すわけがないだろう？　塚早司令の見る目のなさ、考える頭のなさは本当に可哀想なくらいだよ。

でも仕方ない。ボクみたいに完璧じゃないんだから！　誰しも間違えることはある。そんなときは優しく教えてあげればいいだけさ。

今、司令の目はボクら志献官の誰かを悪者にしたくて曇ってしまっている。それを晴らしてあげようなんて、ボクはなんて上司思いの部下なんだろうね！

一那の部屋を出たボクはというと、早速聞き込みを開始したよ。

まずは、巷《ちまた》を賑わせてるっていう異臭事件について知らないといけないと思ってね。ちょうど見つけた朔くんに聞いてみることにしたんだ。

※　※　※

その時、朔はまさに買い出しから戻ってきたところだった。

防衛本部と街の往復だけで汗が噴き出る。志献官の誇りである制服も、このときばかりは疎ましい。

（……今日は駅前に行くんじゃなかった）

最短時間で帰ってくるつもりだったのに、思った以上に時間が掛かってしまった。朔は暑さで少しぼんやりする頭で、シャツの首元に指を掛けた。

「やあ、朔くん。どこかに行っていたのかい？」

「っ⁉　と、舎利弗さん、一体どこから……」

湧いて出た、という言葉をかろうじて飲み込んだ。喉の奥がぎゅっとおかしな音を立てる。すぐには次の言葉が出なかった。小さく咳払いをして背筋を伸ばす。

「俺は、買い出しから戻ってきたところです」

「そうか。じゃあ、今は暇だね？」

「いえ、暇というわけでは。買い物を届けたら午後からは訓練を……」

「ボクの助手に任命しよう！」

「はい……？」

またこの人は何を言いだしたのか。朔は胡乱に思って玖苑を見上げた。いつでも微笑を浮かべている顔は、何を考えているのかさっぱり理解不能だ。

「それじゃあ、行こうか！」

身体を門の方へとぐるりと回されて、朔はハッと我に返った。

「ちょ、ちょっと待ってください！　助手とか、行くとか、何の話ですか！」

「探偵には助手が必要だ。そうだろう？」

「はあ……？」

全く要領が摑《つか》めない。本人の中では話につながりがあるのだろうが、断片ばかりを提示されても朔には理解できなかった。

「どうやら街で異臭騒ぎがあったようなんだ。知っているかい？」

「異臭……ああ、はい。さっき駅前でも話題になっていました」

何でも、駅の近くにある神社の方で真夜中に異臭騒ぎがあったらしい。市民が噂話をしているのを小耳に挟んだ。

「一緒に調べに行こうと一那を誘ったのだけれど振られてしまってね。そうしたら、ちょうどキミがいたってわけさ！」

「塩水流？」

朔はぎゅっと眉根を寄せた。志献官になって、塩水流一那と接触したのは片手で足りるほど。しかし、その間に耳にしたのは、塩水流の悪い噂ばかりだ。

根も葉もない噂ならば、すぐに消えてなくなるだろうが、火のないところに煙は立たない。時折思い出したように朔の耳に届くその噂は、そのたびに朔の気持ちをささくれ立たせた。

その噂は考えるだけでもおぞましい。志献官として、いや、人としてとても許しがたい悪行だ。一那が同じ志献官であるという事実が苛立《いらだ》たしい。

「離してください」

朔は腕を掴んで連れていこうとする玖苑の手を振り払った。

一那は危険人物として地下で暮らしている。そんな一那を助手にしようとするような事件だ。デッドマターが関係していないのなら、関わりたくもない。

「申し訳ありませんが他を当たってください」

朔が冷たく言い放つと、玖苑は宝石のように翠色《みどりいろ》に煌《きら》めく目をパチリと瞬かせた。何もかも見透かすような眼差しだ。朔は目をそらし、軽く頭を下げた。

「急いでいるので、失礼します」

荷物を持ち直し、朔は逃げるようにその場を立ち去った。


「ふむ……暑さで虫の居所が悪かったかな？」

玖苑は空を見上げた。目が覚めるほどの青空だ。太陽の日差しは厳しく、容赦なく肌を焼く。買い出しから戻ってきたと言っていたから、すでに暑さに辟易していたのだろう。

「まあいいさ。助手がいなくたって、ボクひとりで完璧に調べ上げてみせるよ！」

夏の暑さなどものともせず、肩に掛けた制服をなびかせる。玖苑の周りだけ、爽やかな風が吹くようだ。

「朔くんは駅前って言ってたな」

向かうべき場所は決まった。玖苑は意気揚々と本部を出る。本部を囲む堀に架かった橋をちょうど渡りきったところで、一服していた人力車の車夫に声を掛けた。

「燈京駅まで頼むよ」

人力車は真夏の日差しの中を軽快に走る。駅前に近づくほどに、いつもより通りが賑わっていくことに玖苑は気がついた。

「今日は何かやっているのかな？」

「駅前の祭りでしょう。商工会主催の夏祭りですよ」

車夫は息を弾ませながら言った。声にはわずかに意外だという色が乗っている。玖苑も祭りを目当てに駅前に行くのだと思われていたようだ。

「なるほど、どうりで」

団扇《うちわ》を片手に歩く、華やかな浴衣の女性が目についた。両側に立ち並ぶ出店や屋台からは呼び込みの声が聞こえてくる。通りには提灯が飾られていた。夜になれば火が灯され、祭りをさらに盛り上げるのだろう。

「朔くんも意地悪だな。お祭りをやっているならやっているって、教えてくれてもよかったのに」

朔には楽しむという気持ちが足りない。混四位のときはもっと表情豊かな子だったのに、一体いつから面白みのない真面目一辺倒になってしまったのだか。

「ここでいいよ。ありがとう」

このまま人混みに人力車で乗り込んでいったとしても、素早くは動けない。

玖苑は人力車を降りてぐるりと辺りを見回す。あちこちから屋台のいい匂いが漂ってくる。そういえば昼時だったと玖苑は空腹を訴えるお腹をそっと押さえた。

「まずは腹ごしらえだね！」

腹が減ってはなんとやら。玖苑は目についたたこ焼き屋の屋台へと足を向けた。

「あれ？　玖苑さん？」

「おや、栄都《えいと》くん。それに七瀬《ななせ》くんも。ふたりでお祭りに来たのかい？」

安酸《やすかた》栄都と凍硝《とうしょう》七瀬だ。栄都は暑かったのか、制服の上着を腰に巻いている。左手に買ったばかりのたこ焼きを持ち、右手には団扇、首には金魚柄の手ぬぐいが引っかけられていた。祭りを楽しむ青年そのものだ。

七瀬は真っ赤な林檎飴を片手に、反対の手で栄都の腰に巻かれた制服を摑んでいる。七瀬は玖苑と目が合うと、さりげなく栄都の後ろに身体を寄せた。

七瀬は今年養成所から直接純参位の志献官になった新人だ。それ自体は珍しいことではない。玖苑や仁武も混の志献官を経てはいないし、一那もそうだ。十六夜の推薦で純参位になった四季や、能力を開花させて混五位から純参位になった鍛炭《かすみ》六花《りっか》という例もある。

七瀬が純の志献官になるにあたって問題だったのは、その幼さだ。混の志献官ならばともかく、純の志献官としてデッドマターと対峙するにはあまりにも幼すぎると、仁武と塚早司令が衝突したのは記憶に新しい。

現状を考えれば、戦力はひとりでも多いほうがいいという塚早の言葉はもっともだ。ただでさえ人材に乏しい中、能力があるのなら何歳でも構わないというのが司令としての塚早の主張だった。

それに関しては、七瀬本人が純の志献官になることを強く望んでいるため、仁武も今では飲み込んでいる。しかし、酔うと時折、七瀬のような幼い子供を戦力に加えるのは正しいのかと迷いを口にすることがあった。

（仁武は難しく考えすぎなんだ）

そのせいでいつも貧乏くじを引いている。中には自分や十六夜が押しつけた面倒ごとも含まれているが、それはそれ、これはこれだ。

「玖苑さんもお祭りに来たんですか？」

「いいや、今日やってるなんて知らなくてね。偶然さ。楽しんでいるかい？」

「はい！　でも、お祭りに来たんじゃなかったら、何しに来たんですか？」

不思議そうに見つめてくる空色の瞳は真っ直ぐだ。

「ボクは名探偵だからね！」

「名探偵！　すげー‼　……ん？」

栄都はパチパチと目を瞬かせると、七瀬を見下ろした。

「どういうことかな？」

「分かりません」

顔を見合わせるふたりの姿は実に微笑ましい。

「この辺りで異臭騒ぎが起こったと小耳に挟んだのだけれど、ふたりは何か聞いていないかな？」

「異臭騒ぎ……？　えー……あ！　妖怪のことですか？」

「妖怪？　なんだい、それは」

首をかしげる玖苑に栄都は首に引っかけていた手ぬぐいを持ち上げて見せた。

「これ、金魚掬いで金魚の代わりにもらったんですけど、一緒に金魚掬いやってた子たちが、夜になると臭い妖怪が現れるって教えてくれたんです。そいつが現れると、臭すぎて目が覚めちゃうんだって。な？　七瀬」

「はい」

「へえ。そんな噂があるのか。興味深いね」

まさに夏らしい怪談話だ。玖苑はふむふむと頷いた。

「その妖怪のことを調べに来たんですか？　てか、なんで玖苑さんが？」

「実はね……ふたりとも、ちょっとこっちにおいで」

玖苑は栄都を手招きした。さすがにあまり大声で言うのははばかられる内容だ。祭りで賑わっている通りを少し外れ、人の少ない場所で声を潜めて耳打ちをする。

「異臭騒ぎの犯人が十六夜と一那じゃないかって、司令が疑ってるらしいんだ」

「ええ⁉　ホントですか？」

栄都は呆《あき》れた顔をして七瀬を見下ろした。七瀬はその視線を受け止めるとかすかな微笑みを口元に浮かべる。七瀬の表情が変わるのは、栄都の前だけだ。

「よく分かんないけど……それって、多分濡れ衣ですよね？」

「ボクはそう確信しているよ。でも、真相を明らかにしない限り司令は納得しないだろう。だから、この名探偵玖苑の出番というわけさ！」

「ああ！　だから名探偵！」

やっと謎が解けた、という顔をして栄都が笑う。しかしすぐに首をかしげた。

「玖苑さんって探偵だったんですか？」

「正義を胸に何かを探求するとき、人は誰しも探偵になれるのさ」

「おおー！」

栄都がパチパチと手を叩く。一那や朔と違って、いい手応えだ。

「そういうことで栄都くん！　ボクの助手になって、一緒に事件を解決しないかい？」

さっと手を差し伸べれば、栄都は意志の強い眼差しで頷いた。

「みんなのためですよね！　分かりまし――」

「兄さま」

玖苑と栄都の右手が固く握り合わんとしたそのとき、七瀬は栄都の言葉を遮るように、栄都の手を摑んだ。栄都のことを物言いたげに見つめ、次いで玖苑を見上げる。

「舎利弗さん、それは命令ですか？」

「うん？　いいや。違うよ。ボクは命令するのもされるのも好きじゃないんだ」

玖苑の前ではいつも可愛らしい人形のように黙り込んでしまう七瀬だ。もしかしたら、七瀬から何か話しかけてくるのはこれが初めてではないだろうか。これは素晴らしく大きな前進だと玖苑はニッコリと笑った。

「七瀬くん、ぎゅー、だ！」

「なんですか。いりません」

七瀬は迷惑そうな顔で玖苑に背を向けると、栄都を押して距離を取る。

「兄さま、一緒にお祭り回るって約束しました」

「あ、そうだ……でも」

「約束しました」

「七瀬……」

栄都は困り果てた顔で玖苑を見る。

「すみません、玖苑さん」

「構わないよ。約束は守らないとね」

事件解決は大切だが、子供の楽しみを奪うのもまた罪だ。

「キミたちは祭りを楽しみたまえ！　ボクも一緒に楽しみながら捜査するよ！」

「え……」

小さな声に見下ろせば、七瀬が目を丸く見開いていた。今にもこぼれ落ちてしまいそうなほどだ。

「ん？　やっぱりぎゅーするかい？」

「いりません」

ぷいっと顔を背ける七瀬に笑みを深める。今はまだ人見知りしているようだが、何度もハグしていれば、そのうち心を開いてくれるだろう。

だが、それはまた今度だ。玖苑は、よし、と屋台の並ぶ通りを見渡した。

「まずは聞き込みがてら、屋台を全制覇しようか！」

祭りを楽しむこと、異臭騒ぎの捜査をすること、そのどちらも成し遂げるのが真の探偵だ。

「行こう！　栄都くん、七瀬くん！」

号令をかけ、玖苑は勇ましく祭りの賑わいへと足を踏み出す。

すぐに玖苑についていこうとした栄都だったが、七瀬に腕を摑まれて足を止めた。

「……七瀬？」

「……」

七瀬は栄都の腕を摑んだまま口を開かない。帽子に隠れて見えない表情を見ようと栄都はしゃがんだ。

「どうした？　七瀬。具合悪い？」

ふるふると首を振る七瀬に栄都は首をかしげる。どうしようと振り返れば、玖苑の姿はもうどこにも見えなかった。

「あー……」

探そうと思えばすぐに見つかるだろう。けれど、様子のおかしい七瀬を引っ張っていくのは違う気がした。

「ちょっと休んで、ゆっくり回ろうか」

「……はい」

やっと見られた小さな微笑みに、栄都はホッと息をついたのだった。

やあ、ボクだよ！

せっかく栄都君が助手になってくれるところだったのだけれど、はぐれてしまってね。仕方なく、ひとりで調査を進めることにしたんだ。

栄都くんのおかげで、異臭騒ぎが子供たちの間では妖怪騒ぎになっているという情報も手に入れたし、一歩前進さ！

異臭騒ぎのことも、妖怪のことも、ボクは屋台を巡りながら聞き込みを続けていったんだ。

みんな快く情報を提供してくれたよ。気がついたら身動きが取れないくらい囲まれていたけど、ボクだから仕方がないね！

そうそう、みんな、熱中症には気をつけないといけないよ。

ボクに情報提供してくれた人たちも、ボクと太陽の目映さに目がくらんで、何人も倒れてしまったんだからね！

※　※　※

「うーわ。やっべーな。何してんだ、あの人」

祭りとはまた別の熱気を目の当たりにして、浮石《うきいし》三宙《みそら》は頬を引きつらせた。

押し寄せる人々の真ん中にいるのは、よく見知った顔だった。夏の太陽の日差しを浴びてキラキラと輝く金髪のせいで、なにやら光をまとっているように見える。

玖苑が老若男女問わず人気者なのは知っていたが、ああして囲まれているのを見るともはや恐怖だ。おそらく、この祭りの空気が人々のたがを外しているのだろう。普段ならば遠巻きに見ているだけの人も、勢いに任せて近づいている。中には感激してか、倒れる者もいる始末だ。

「こっわ……」

暑くて脱いだ制服の上着を小脇に抱え、三宙はそっとその場を後にする。見つかったら最後、やたらとでかい声で呼ばれるのは必至だ。その前に離れるのが吉である。

「つーか、限度ってもんがあるだろ、限度が」

三宙がここにいるのは、決して祭りを楽しむためではない。ちょっとした好奇心を満たすためだった。

「臭い妖怪ねぇ」

元は最近燈京で話題になっている、真夜中に漂う強烈な異臭事件だ。それが、いつの間にか妖怪の仕業だと言われるようになった経緯は簡単だ。とある少年が、妖怪を見たと証言したところから、子供たちを介して一気に広がったらしい。

(ここまでは調べたんだけど、そっから先がなぁ……)

何件目かの異臭騒ぎの被害者に話を聞いたところ、その臭いは生ゴミやドブ、あるいは濡れた獣のような臭いなのだそうだ。

だから、その被害者も最初は自分の家の生ゴミの臭いだと思ったらしい。この季節はちょっと放置しただけでも酷い臭いになるから、仕方が無いと思っていたようだ。しかし、その臭いは異様なほど急激に酷くなっていき、これは自宅の生ゴミではないと気づいたという。

しかも、臭いだけではない。男のうめき声のような物音まで聞こえてきたそうだ。その日は恐ろしさに家から出ることができず、翌日家の周りを捜索してみたが、特に怪しい物は見つけられなかったのだとか。

「昨日の夜、臭《にお》ってたってのが、この辺りだよな……」

通りの先にあるのは神社の境内だ。規模は大きくないが広々として、祭りの賑わいから隔絶されたように静かだった。

「妖怪が神社に、か……」

本当に妖怪が出たなど三宙も思ってはいないが、神社に妖怪はいかにもという気がするし、場違いな気もする。旧世界では強い恨みを持って死んだ魂を鎮めるため、神として祀ることもあったそうだ。また、全ての物に神が宿るとする、八百万《やおよろず》の神という概念まである。その流れを受け継ぐこの結倭ノ国では、神社は妖怪とも親和性《しんわせい》があるのかもしれない。

三宙は境内に入るとぶらりと見て回った。何かそれらしい痕跡はないかと思ったが、めぼしい物は見つからなかった。臭いの発生源はここではないのだろうか。

「それにしても、あっちーな」

四方八方から聞こえる蝉《せみ》の声がうるさい。汗で潰れてしまっている髪も気持ちを萎えさせた。

どこかで涼んでこようかと一息ついたところで、トントンと軽く肩を叩かれる。

「ん？」

振り返れば、白い狐の面がぬっと目の前に現れた。

「うわぁ⁉」

「あはは！　驚いたかい？　奇遇だね、こんなところで会うなんて」

ひょいと狐の面を頭に載せて玖苑が笑った。買ったのだろうか、それとももらったのだろうか。手にはバラの花を象《かたど》った飴細工が握られている。

「げ……玖苑サン。どーもっす」

三宙はサングラスの奥の目を素早く走らせて辺りを確認した。先ほど砂糖に群がるアリのように玖苑を囲んでいた人々の姿はないようだ。

「ここにいるということは、もしかして、キミも異臭騒ぎを調べているのかい？」

「キミもって……玖苑サンもっすか？　祭りに来たんじゃなくて？」

ファンに囲まれる千両役者よろしく我こそ祭りの主役、という顔をしていたのに。

（いや、この人がいればどこでもそうか）

いるだけで場が華やぐのが玖苑だ。そんじょそこらの役者よりもずっと目を引く容姿をしている。これで防衛本部最強の一角なのだから、詐欺みたいなものだ。

「十六夜と一那が犯人じゃないかって疑われていてね。真実を突き止めるためにやってきたのさ」

「あ、だったら違うっすよ。異臭ってのヤツの臭い、生ゴミとかドブとか、そっち方向らしいんで。有機的な臭いの他に塩素臭いって話は出てきてないから、少なくとも一那サンじゃないっすね」

「そうみたいだね。さっきボクも聞いたよ」

玖苑は手に持った狐の面をくるりと回した。何をしても絵になるが、その頭の中で何を考えているのかは読み切れない。しかし、どうにも嫌な予感がして、三宙はそろそろと足を引いた。

「それじゃ、オレは失礼します」

気づかれない程度に小声で言う。その瞬間、キラリと玖苑の目が輝いた。

「三宙くん、キミをボクの助手に任命しよう！　光栄に思いたまえ！」

ずいっとバラの飴細工を差し出され、うっかり受け取ってしまった。

「うお、びっくりした！　いきなりでかい声出さないでくださいよ。なんすかこれ」

「さっき、聞き込みをしていたときにもらってね。助手の証《あかし》にあげよう。さあ！　キミが調べたことを聞かせてくれないか？　みんな色々教えてくれたのだけれど、少し興奮気味で要領を得なくてね」

「いやいやいや、助手とかは勘弁っす。そんなのならなくても教えるんで」

三宙はバラの飴細工を突き返しながら首を振る。状況はなんとなく察した。探偵のまねごとをしているのだろう。こんなにノリノリの玖苑の助手になどなったら最後、振り回されて疲れ果てるのが落ちだ。ここは適当な情報《エサ》を与えて撤退するのが上策だ。

「調査結果っつっても、たいしたことはねーっすけど……」

最初の異臭事件からの経緯を掻い摘まんで話して聞かせる。玖苑は意外にも黙って話に耳を傾けていた。話を終え、三宙は軽くサングラスを押し上げる。

「――つか、どんな臭いだったか証言してくれる人はいっぱいいると思うんで、その人たちに証言してもらえば一那サンたちの疑いは一発で晴れるっすよ」

「確かにそうだね。でも、このボクだよ？　その程度で終われると思うかい？」

「そうっすねー。玖苑サンっすもんねー。でもオレはここで終わりで全然大丈夫っす！　それじゃ、失礼します！」

大切なのは勢いだ。古くから、逃げるが勝ちというではないか。三宙は一礼し、有無を言わさず背を向け、駆け出した。

「――っと、すんません！」

鳥居をくぐり出たところで中年の男とぶつかった。袖にたすきを掛け、着古した灰色の着物の尻をからげている。境内をのぞき込んでいたから、おそらく玖苑のファンだろう。

「大丈夫っすか？」

尋ねた三宙から男は無言で顔を背ける。額から首からびっしょりと汗をかいていた。男は苦虫を嚙み潰したような顔でちらりと三宙を一瞥すると、そのまま祭りで賑わう通りへと駆け足で行ってしまう。

「何だあれ。感じワルー」

雑踏に紛れていく男の後ろ姿を三宙は怪訝に見送り、自分もまた駅前の方へと向かっていったのだった。


玖苑が去って行く三宙を追わなかったのには訳がある。

「こんにちは。騒がしくしてしまったかな？」

「あっ！」

竹箒《たけぼうき》を持った若い神職の青年が先ほどからチラチラ視線を送ってきている。三宙は気づいていなかったようだ。

「あの……異臭騒ぎを調べてるって聞こえて」

「そうだよ。もしかして、ボクに何か話したいことがあるのかな？」

玖苑よりもいくつか年上だろう。辺りを気にしながら小走りにやってきた青年は、箒がよりどころと言わんばかりに握り締めている。

「わ、私は、見たんです。昨夜……」

青年は青い顔をして玖苑の後ろを指さした。

「あそこ……あそこの、銀杏《いちょう》の木の辺り……」

玖苑はくるりと振り返った。大きな銀杏の木は青々とした葉を茂らせて、地上に濃い影を作っている。鳴いていた蝉が飛び去っていくのを玖苑は何気なく目で追った。

「昨日は宿直《しゅくちょく》で。夜の……十時頃だったでしょうか。眠っていたところ、急に酷い臭いが。何事かと思って外に出たら、見たんです……」

「妖怪を？」

青年はぎゅっと眉を寄せると首を振った。

「妖怪の、正体を」

玖苑は軽く目を見張り、口元に好奇の笑みを浮かべた。さっき集まってきた人たちは、臭いを嗅いだ、噂は聞いたという人はいても、実際に目撃した人はいなかったのだ。

「是非教えてくれないかな？　正体って？」

「人間、でした」

うん、と頷いて青年を見つめ、続きを待つ。それにしても、おどおどと怯える青年は、声を掛けてから今まで一度も玖苑と目が合わない。

「三人……そう、三人の男たちでした。何か、儀式をしていたんです」

「儀式？」

「ええ。あの銀杏の木の下に座り込んで、何かを囲んでいました。周りに提灯が置いてあったから間違いありません。真ん中に置かれた小さな祭壇のような物から白い煙が上がって……あれはきっと生け贄です。あんな腐った臭いがしていたのに、奴らはそれを食べて、美味い美味いと笑って……うっ」

思い出して吐き気を催したのだろう。口に手を当てる青年の背中を玖苑はそっとさすった。

「そうか。それは恐ろしい物を見てしまったね」

「はい、それで――あっ」

顔面を蒼白にした青年は、ようやく玖苑の顔を見上げた。びくりと背中が震え、ゆるゆると目が見開かれていく。白かった頬にさっと朱が上った。

「大丈夫かい？」

「……みよ」

「ん？　何て言ったんだい？」

カラン、と箒が倒れた。玖苑が一瞬それに気を取られた隙に、小さく震えていた青年が走り出す。

「うひゃぁあああ！」

「あ、キミ！　まだ話は終わっていないよ！」

玖苑の制止など聞きもせず、青年は悲鳴を上げながら社務所の方へと消えてしまった。

「まあいいか。面白い話も聞けたしね」

玖苑はゆったりとした足取りで銀杏の木の下へと向かう。

「儀式ね……」

真っ直ぐ空へと伸びる幹に手を当てた。上を見ながら、そして下を見ながらぐるりと木の周囲を巡ったが、これといって手掛かりになりそうな物はない。

「……おや？」

銀杏の根元に真っ黒な石のような物が落ちている。拾い上げれば、石よりもずっと軽く、こすれば指先が黒くなった。

「炭、かな？」

きっとそうに違いない。炭と言えば、ととある人物の顔を思い出し、玖苑は炭をそっとハンカチに包んでポケットにしまい込んだ。


夏の日は長い。夕焼けに染まる前の、空が黄金を帯び始めた頃。六花は一心に防衛本部の花壇に植えられたひまわりを描いていた。

昼の暑さは和らぎ始めたものの、日陰のある外のベンチでじっとしているだけでも汗をかく。スケッチブックに触れる右手が汗で紙に張り付かないよう、気をつけて描いていた六花が、ふと顔を上げたときだった。

「やあ！　六花くん。探したよ！」

「っ⁉」

心臓が飛び出るかと思った。六花は反射的にスケッチブックを胸に抱いて見上げる。

金色を背負って立つ人は、気安く六花の隣に座った。

「く、玖苑さん」

「ひまわりを描いていたのかい？　どうだろう、その絵にボクを入れればもっと素晴らしいものになるよ！」

「いえ、もう終わるので」

六花は首を振り、素早くスケッチブックを閉じた。玖苑のことはあまり得意ではない。年が大分離れているのもあるし、ぐいぐい迫ってこられるのも苦手だ。真っ直ぐに見つめてくるから、何か見透かされそうで目を見るのも怖い。

「残念だな。でも、今日は別のことでキミに会いに来たんだ」

「別のこと、ですか？」

浮かせかけた腰をのろのろと戻す。玖苑はポケットから真っ白なハンカチを取り出すと、開いて見せた。せっかくの白いハンカチが、無残にも黒く汚れている。

「これ、何か分かるかい？」

「……炭、ですか？」

「そうだよ。これが神社の銀杏の木の下に落ちていたんだけど、どう思う?」

「どうって……」

この人は何を聞きたいのだろうか。六花は戸惑いながら、玖苑の手の上のハンカチをのぞき込んだ。

「……触ってもいいですか?」

「もちろんだとも!」

つまみ上げたそれは、間違いなく炭の欠片だった。

「……普通の木炭だと思いますけど」

つまらない答えだ。自分でも分かる。けれど、それ以外に言いようがない。

「確か、絵ではデッサンするときに木炭を使うことがあると聞いたけど、それ用の木炭かな?」

「いいえ、違います。デッサンに使う木炭にしては硬いので」

それに、絵で使う木炭は細い枝を炭にしたものだが、こちらは大きな炭から割れたような欠片だ。

「つまり、火を熾《おこ》すときに使う木炭?」

「多分……あの、何なんですか?」

「ふふ、可能性を潰しておこうと思ってね! 参考になったよ。どうだろう、ボクの助手にならないかい?」

「えっと……よく分かりませんが、お断りします」

「おや。また振られてしまったな」

もう用は済んだだろう。六花はそう判断しさっと立ち上がった。

「お先に失礼します」

結局、なぜそれを調べているのか分からないままだったが、聞けば最後まで巻き込まれてしまう気がして、六花はそそくさとその場を立ち去ったのだった。


やあ！　ボクだよ！

だんだんと核心に近づいてきているけれど、あと一押しが足りないね。けれど残念なことに、手掛かりはここですっかり途切れてしまったんだ。

今ある証拠だけでも十六夜や一那が犯人でないのは十分に説明できる。けれど、真犯人を捕まえなければ解決とは言えないだろう。

真犯人を捕まえることができなければ、第二第三の異臭事件が……もう起きてしまっているんだったね！

みんなの話を聞いていてもただものすごく臭いというだけで、大した被害も出ていないし、誰かを傷つけようという犯人の意思も感じられない。だったらもうこれでいいんじゃないかという気もしてきた。

うん。正直な話をしよう！

飽きてしまったんだ。

報告書は三宙くんの話を聞けば十分に書けるだろうし、これ以上面白いことが起こるとも思えなくてね。

それでも一応、最初に事件が起こったっていう燈京駅の裏をぶらっとひと回りして終わりにしようと思ったんだ。ついでに、どこかお店に入って夕食なんていいと思わないかい？

おいしくお腹を満たせるなら、どんなお店でも大丈夫なのがこのボクさ！

このとき、ボクの心は完全に夕食のことでいっぱいだった。ちょうどあちらこちらのお店からいい匂いもしていたしね。

そんなときだよ、ボクは見つけてしまったんだ。

妙に駅裏に馴染んだ様子で歩く彼の姿をね！

※　※　※

「四季くん！　奇遇だね！」

制服の上着も持たず、半袖のシャツ姿でぶらりと歩いている姿は、一見して志献官だとは分からない。

俯《うつむ》きがちに歩いていた四季は玖苑の声に顔を上げると動きを止めた。眉をひそめられたのは気のせいだろうか。ほんの一瞬だったことと、影が濃く落ちていたので判然とはしない。

夕方の雑然とした裏通りだ。玖苑から四季までは店舗ふたつ分ほどの距離がある。このくらいならば、四季には逃げられてしまうことも多いのだが、今日はなぜか足を止めて玖苑を待っていた。

「……ここで何してるんですか？」

「こんな時間だろう？　お腹が空いてね、どこで食べようかと考えていたところなんだ。ちょうどいい、キミも一緒に食事をしようじゃないか！」

「……」

いつもならば、ここで即座に断られる。しかし、四季はしばし考えるような顔をして玖苑を見つめた。最初に逃げられなかったことといい、これはとても珍しいことだ。玖苑は完全に肯定の答えと受け止めた。

「さあ、行こう」

「おひとりでどうぞ」

外向きの笑みを貼り付けて四季は言う。しかし、すでに玖苑の思考はどこの店がいいだろうかという方向に流れていた。

「四季くんのおすすめのお店はどこかな？　是非教えてくれたまえ！」

四季から笑顔がストンと消える。呆れ交じりのその顔のほうが、よほど彼らしい。

「行きません」

「お金のことなら問題ないよ！　ボクがおごってあげよう！」

「結構です。どっかのおっさんじゃないんで借りは作りません」

つれないのはいつものことだ。玖苑は目を瞬いて首をかしげた。

「ボクと打ち解ける気になったんだろう？」

「違います」

「ではなぜ？」

四季が逃げずに話に付き合っている理由は、それ以外に見つからない。四季は小さくため息をついた。

「もう一度聞きますけど、玖苑さん、なんでここにいるんですか？」

「それはだから――」

ぽん、と玖苑は手を打った。飽きて思考の埒《らち》外に置いていた懸案事項が戻ってくる。

「キミ、異臭騒ぎについて犯人が分かったんだね」

「唐突だな……なんでそう思うんです？」

「昼間、仁武と十六夜の話を聞いてね。十六夜がキミに異臭騒ぎを任せようと言っていたんだよ。頼まれたのかい？」

「まあ……そんなとこです」

いやに含みのある間だった。大方、十六夜がしつこく絡んでうんと言わせたのだろう。

「それでキミは――」

「おぉい！　兄ちゃん、やっぱりこれ持って行っておくれよ！　ほんと、うんめぇんだから！」

玖苑の言葉を遮るような胴間声《どうまごえ》が駅裏に響いた。四季が来た方向だ。顔を軽く手で覆った四季は、深いため息をつくとぼそりと呟く。

「いらねえって言ってんのに」

四季にこんな言い方をさせるのは一体誰だろうかと玖苑は振り返った。灰色の着物の袖をたすきでまくった中年男が走ってくる。

「これを……って、うわ！　その制服は……し、志献官！」

玖苑を見るなり、男は足を止めた。持っていた包みを背中に隠して、おどおどと目を泳がせた。

「は、はは。わっるい、人違いだった！」

くるりと踵を返そうとする男の肩に、玖苑はたやすく手を掛けた。

「やあ！　キミが異臭騒ぎの犯人だね」

「ヒッ！　兄ちゃん、話したのか⁉」

「まさか！　四季くんは何も話していないよ。ボクの直感さ！」

パチン、とウィンクを飛ばした玖苑に、男は一瞬ぽかんと呆《ほう》ける。玖苑はその手からポトリと落ちそうになった包みを受け止めた。木材を紙のように薄く削った経木《きょうぎ》に包まれているそれからは、なんとも言えない悪臭がした。

「なるほど！　これが臭いの原因だね！　でも……騒ぎになるほどではないんじゃないかな？」

確かに臭いことは臭い。かなり強烈な臭いだが、これが騒ぎの原因だとはどうにもピンと来ない。

「こんな物でどうやって異臭騒ぎを起こしたのかな？　目的は？」

男は魂が抜かれたようにぼんやりしている。ため息をついた四季が代わりに口を開いた。

「目的なんてご大層なもんはありませんよ。食欲に負けたおっさんたちがいただけです」

「食欲？　ああ、そういえば何か食べていたと聞いたっけ」

玖苑はポケッとしている男の目の前でパチンパチンと指を鳴らした。

「……はっ⁉」

「ボクの美しさに心奪われるのはそこまでにして、話を聞かせてくれないかな？」

夢から覚めたように男はパチパチと瞬きを繰り返す。

「へぁ……俺ァ……に、兄ちゃん、助けてくれぇ……！」

中年男に助けを求められた四季は、至極面倒くさそうな顔をして手を振った。助ける気は一切ないようだ。

「キミたちが怪しげな儀式をしていたと聞いたんだけど。何の儀式だい？」

「は？　儀式……何の？」

「何だろうね？」

男と一緒になって首をかしげれば、再び男の目が泳ぎだした。

「お、俺たち、儀式なんて、そんなこと、してねえ……です」

「ふむ？　ところでこれはなんだい？　生ゴミかな？」

だとしたら、四季が受け取らないのも当然だ。しかし、男はぶんぶんと首を振った。

「まさか！　ゴミなんかじゃねえ……です。それァ、干物ですよ！　俺ァ、干物屋なんだ。こいつのホントの作り方は旧世紀に途絶えちまってて、でも少ない手掛かりをどうにかかき集めて試行錯誤して作った逸品なんですよ！」

「へえ！　この干物はそんなにおいしいのかい？」

尋ねた玖苑はキラリと目を輝かせた。

「そりゃあもう！　焼いて酒のアテに食ったら、最高だ！　生き返るってのがどんなもんか、実感できるぜ。そうだ。これ、食べてみるなんてどうです？　そっちの兄ちゃんはいらねえって言うんだけど」

「是非ともいただこうじゃないか！」

「玖苑さん、やめておいた方がいいですよ」

それまで黙っていた四季が口を開いた。

「おや。どうしてだい？」

「忘れたんですか？　それが異臭騒ぎの原因だって。おっさん、隠さずちゃんと教えてやってくださいよ」

「は、はは……言ってなかったかい？　これは〝くさや〟っつうもんです。焼くとそりゃぁもう、今よりずーっと酷い臭いが出ちまうんでさぁ……」

干物屋はちらりと四季を見た。四季は無表情で小さく顎をしゃくり、さらに言葉を促す。

「だもんで、家で焼くと嫁さんがカンカンで。迷惑にならねえ場所で仲間呼んで晩酌してたんですがね。志献官が騒ぎを調べてるって昼に仲間に聞いて、驚いたのなんの！　そうしたら、こっちの兄ちゃんが来て、でも秘密にしてくれるって言うから……」

全てはおいしい物を食《しょく》すため。悪気があった訳ではないのは一目瞭然だ。多少異臭で苦しんだ人はいても、警察に突き出して罪を問うほどのことではない。

「分かった。この事件、ボクが預かるよ。これで一件落着といこうじゃないか！」

「ほ、本当に？　お咎《とが》めなし？」

「もちろんさ！　これを司令に持って行けば、百枚の報告書よりも雄弁に真実を語ってくれるだろう。食への飽くなき探求は人類の性《さが》だ。ところで、これはどうやって食べるんだい？　ボクも是非食べてみたいのだけれど」

「まだ言うのか……」

四季は呆れたように首を振ると、付き合っていられないと言わんばかりに夕暮れの駅裏に消えていってしまった。

「さあ、教えてくれるだろう？」

「教えるだけですからね。本当には焼きませんよ。俺も、嫁さんにゃ怒られたくねえんで」

「それで十分さ！」

男とともに干物屋に向かった玖苑は干物の焼き方を教えてもらい、ついでに七輪と網、木炭までもらってしまった。自分で焼いて食べるのも乙だろう。

ところで、玖苑の姿を見た干物屋の妻が腰を抜かし、どっさりとお土産を持たせてくれたのは、完全に余談である。


そのとき、舎密防衛本部の塚早司令は防衛本部とは別の場所にある庁舎の執務室にいた。今まさに退庁しようと準備を整えていたところ、何の前触れもなく扉が勢いよく開く。

「なんっ……何だ⁉　お前……」

「やあ！　お久しぶりですね、塚早司令！　何カ月ぶりかな？　すっかりキミの顔を忘れてしまうところだったよ。ボクの顔は忘れたくても忘れられないだろうけどね！」

「と、舎利弗⁉　貴様、何の用だ」

何やら一抱えもある風呂敷包みを片手に持っている。玖苑は鼻歌でも歌いそうな様子で——いや、実際鼻歌を歌いながら、執務室の真ん中の応接用の机の上で風呂敷をほどいた。

「何って？　キミが命じたんだろう？　異臭騒ぎの犯人を捕まえろって」

「それは……犯人を捕まえたというのか？」

塚早は玖苑の後ろからさらに誰か入ってくるのではないかと警戒したが、開け放たれた扉から誰かが入ってくる様子はない。

「ボクひとりだよ。残念だけど、犯人は連れてきていないんだ」

「ふん、私は報告書を出せと言ったのだ。陳情に来たところで……何だ、それは」

「知らないのかい？　七輪だよ」

玖苑は哀れむような顔をしている。塚早はくわっと目を剝いた。

「知っている！　なぜ、この執務室で火を熾そうとしているのか聞いているんだ！」

「それはもちろん、異臭騒ぎの原因を見せるためさ！」

玖苑は慣れた手つきで七輪の中の木炭に火を付けると、金網を置く。炭に十分火が回ると、包みから取り出した何かを網の上に置いた。

「うっ……⁉」

「ふふ。これが今回の異臭騒ぎの原因の干物、〝くさや〟さ！」

ほのかな臭みが塚早のもとまで漂ってくる。最初はただ臭いだけだった。この程度なら、十分我慢できる。

しかし、だ。

「な、何だ、この臭いは！」

焼いているくさやから白い煙がもうもうと立ち始めると、たちまち強烈な臭いが執務室を満たした。塚早は咳き込み、鼻にハンカチを当てて、開いている扉へ向かおうとする。

「あはは！　すごいな、こんなに臭くなるのか！　異臭騒ぎになるのも無理はないね！」

玖苑はすかさず塚早の腕を掴んだ。塚早はもがくが、所詮は何の力もない一般人だ。玖苑に簡単に椅子に戻されて目を白黒させる。

「な、貴様っ」

「どうだろう。納得していただけたかな？　生憎、犯人には一切悪気はなくてね。干物を焼いていたからって、誰が責められる？　犯人を連れてこいというのは勘弁してもらえないかな」

「そ、そこをどけ！　い、息が……！」

玖苑が乱入したときのまま扉は開け放たれているが、風も吹かない室内だ。部屋が煙たくなればなるほど臭いは濃くなっていく。

玖苑は臭いや煙など全く意に介さず、肘置きに両手を置いて塚早を見下ろし、首を振った。

「そういうわけにはいかないよ、司令。キミの命令を聞いて、こうして原因を突き止めたんだ。キミが始めたことを、キミが終わらせなくてどうするんだい？」

「分かったたっ、分かったから！　終わりでいい！　あれを処分しろ！」

「ん？　分かったというのは？　何が分かったのかな？　キミは口先ばかりじゃないか。ボクらはね、とても困っているんだよ」

「た、のむ……耐えられん……！」

ブルブルと塚早は震えた。激臭だが、毒物ではない。しかし、身体が呼吸するのを拒絶する。肺がうまく機能していないように息が詰まる。苦しみだけが延々と続いた。

そんな塚早に向かって玖苑は薄く笑みを浮かべたまま、しかし眼差しだけは強く塚早を射すくめた。

「ボクらは命を賭けている。キミのくだらない意地と自尊心のせいで命を落とす志献官がいたらどうするんだい？　キミ、十六夜よりもずっと年上だろう？　そんなに生きていて、どうして分からないんだろうね。困った人だな」

玖苑をどかそうと遮二無二振った手を、玖苑はいともたやすく摑んだ。軽く握られているだけなのに、全く動かない。そのことに、ぞっと背筋が凍った。どんなに外見が美しかろうと、目の前にいるのは志献官だ。日々執務室で過ごすだけの自分など、一秒もあれば殺せる力を持つ化け物だということを、忘れていた。

「うっ、ぐぐ……」

「ボクからのお願いはひとつさ。キミがどこでどんなに偉ぶって暇を持て余していてもボクらの知ったことじゃない。けどね、ボクらがこの結倭ノ国を守る邪魔だけはするな——それだけだよ」

塚早の鼻先に激臭の元《くさや》を突きつけながら、分かったかい?と、ささやく声は優しげだ。天使のような笑顔が、しかし、悪魔よりも恐ろしい。

「わ、分かった。分かった！　もう貴様たちの邪魔はしない！　それでいいんだろう‼」

「よろしい！　それじゃあ、司令。仲直りの印に一緒にくさやを食べようじゃないか！」

塚早はぱっと離された手を呆然と見つめ、さらに、眼前の男の口から出た言葉に唖然とする。

「貴様は、何を、言っている……？」

「部屋の外に〝美元素〟を持ってきてるんだ。これがとっても合うんだって！　彼らは命の源って呼んでいるくらいさ。せっかくだから試してみようと思ってね。司令はお酒は飲める口かい？」

玖苑は肩に掛けた上着をなびかせて、言葉通り外に置いていた酒の一升瓶を持って戻ってくる。瓶の太い胴に張られた〝純米大吟醸　美元素〟の文字が忌々しい。一体どれだけ飲むつもりで持ってきた。

「貴様……貴様……」

「さすがのボクも仕事中はお酒を嗜《たしな》んではいけないのは重々承知さ！　でももう勤務時間も過ぎているから構わないだろう。さあ、大いに飲もうじゃないか！」

「つ、付き合っていられん！　ひとりでやってろ！」

塚早は這々《ほうほう》の体《てい》で司令室を出た。部屋から少し離れた場所でそれぞれ鼻を押さえながら窺っている職員たちの顔を見つける。塚早はギリリと歯を食いしばると人混みをかき分けるように退庁したのだった。

翌日――仁武は司令室で書類を受け取って目頭を強く揉んだ。見間違いではないか。目がどうかしてしまったのではないか。そんな気持ちは、再度一瞥した書類を前に、すぐに消え去る。
「俺が司令代理……？」

今日付で司令としての権限を鐵 仁武純壱位に委任する、と簡潔にある。理由は特に書かれていないのが不気味だった。

昨日玖苑が塚早司令のところに異臭騒ぎについてひとりで報告に行ったとは聞いている。本人も事件は解決し、理解してもらったと自慢げだった。報告書もいらないと連絡が来たので、玖苑にしては穏当な解決だったのではと感心していたところだ。

「何をしたんだ、一体……」

「仁武……大丈夫でち？」

心配してくれているモルのモルチに首を振る。大丈夫かと言われれば大丈夫ではないが、なんでもないと振る舞うのが大人である。

「失礼しますよっと。仁武、聞いたぜ。司令代理おめでとう」

ノックもせず、ニヤニヤと笑いながら十六夜が入ってくる。仁武の眉間のしわは深くなる一方だ。

「耳が早いですね」

「いやー、玖苑もやってくれるねぇ。何したか聞いたか？」

「聞いたはずなのですが……」

昨日玖苑に聞いたことが全てではなかったのだろう。きちんと問いただすべきだった、と仁武はこめかみを揉んだ。十六夜は愉快そうに笑っている。

「あいつ、司令んとこに異臭の元凶持ち込んだんだと！　傑作だよなぁ！　司令がどんな顔したか見たかったぜ」

「くさや、でしたか。干物だと聞きました」

「そうそう。おじさんもうまいって話には聞いてたけどねぇ。司令が音を上げるくらいだ。よっぽど臭かったんだろうなぁ」

十六夜は顎ひげをさすりながらクックッ笑って肩を揺らした。そんなふたりをキョロキョロと見上げていたモルチが、心配そうに首をかしげる。

「くさや……昨日、玖苑が食堂のおばちゃんに預けてたでちよ。ものすごく臭かったでち」

「……」

「……」

ふたりの大男の目が、小さな小さなモルチに注がれた。

「明日のお昼のおかずにしてくれたまえ！って嬉しそうに言ってたでち」

玖苑の口まねをするモルチに、仁武と十六夜は顔を見合わせた。壁に掛けられた時計を見ればば、そろそろ昼食の時間だ。

「……これ、まずいんじゃないの？」

「あいつはどうしていつも……！」

仁武は持っていた書類を握りつぶす。司令代理になったことは、今は置いておく。後でどういうことか聞きに行っても遅くはない。そんなことよりも、舎密防衛本部食堂異臭事件が起こる前に対処しなければ。

仁武は大股で司令室を出て行く。

その背中に元気だねぇ、と苦笑気味に掛けられた声には、仁武は一切気がつかなかった。

※　※　※

やあ！　ボクだよ！

どうだったかな？　ボクの華麗な活躍ぶりは。

犯人も反省したし、きちんと事件のことを報告して塚早司令にも理解してもらったし。

さすがはボク！　見事に事件解決さ！

そうそう、くさやの顛末もちょっとだけ話しておこうかな。

仁武が急いだのもあって、くさやは焼かれる前に阻止されてしまったよ。あんまり急いだものだから、なにかデッドマター絡みで事件が起きたのかとついてきた朔くんたちがかわいかったね！

ちょうどそのとき、ボクは食堂で職員のみんなとおしゃべりをしていたんだ。仁武がおばちゃんを阻止している姿を見て、若い子たちはぽかんとしていたよ。仁武が慌てている姿なんて、めったに見られないからね。

——というのが、ついさっきの出来事さ！

みんなのお昼ご飯にならなかったくさやは、結局ボクの手元に戻ってきてしまった。仁武は自分でどうにかしろって。とんでもない匂いがするけれど、本当においしいのにな。

さてどうしようかと思っていたんだけれど、そこはさすがボク！　いいことをひらめいたんだ。

十六夜と一那にもお裾分けしてあげようってね！

なにせ、彼らは濡れ衣を着せられて嫌な思いをしたんだ。そういうときは、美味しいものを食べて幸せな気持ちで上書きするべきだ。そうだろう？

とはいえ、一那を地下から出すのは一筋縄ではいかない。心を慰めるために行くんだから、ボクが出向くのが当然だ。そんなことを思っていたときだ。

「四季くん、いいところに！　これから一那のところでくさやを焼いて食べようと思うんだけど、キミもどうだい？」

四季くんは怪訝そうな顔をしたと思うと、小さく口角を上げて笑った。うん、彼はいい顔で笑うんだ。

「清硫さんなら暇だと思うんで、呼んでおきますよ」

「ああ、いいね！　ボクもそうしようと思ってたんだ。頼んだよ！」

さあ、早速準備を始めよう。くさやパーティーの始まりだ！


くさやと七輪、それに〝美元素〟を持って、意気揚々と一那のいる地下牢へ向かった玖苑。

そこへ四季に呼ばれてやってきた十六夜と、嫌な予感がして駆けつけた仁武が地下に充満するくさやの激臭に苦しみ、一那があわや暴走寸前の事態になるのは、また別のお話。


（終わり）

断章 ― 六 ― 鐵仁武の責任

新和《しんわ》十七年八月、旧世界・新宿——。

身体を押さえつける重苦しさに、鐵《くろがね》仁武《じん》は胸を膨らませるように大きく息を吸い込んだ。掌《てのひら》を数度開閉し、最後にきつく拳を握り締める。

「緊張しているのか？」

問われて仁武は顔を上げげた。隣を歩いているのは、同じ純壱位《じゅんいちい》の志献官《しけんかん》、源《みなもと》碧壱《あおい》だ。

「いや、緊張はしていない。ただ……」

「圧倒される？」

仁武は答える代わりに視線を正面へ向けた。

眼前に広がるのは侵食された暗黒の世界だ。何もかもが死に絶えた侵食領域内に、仁武は立っている。

志献官になってから四年以上が過ぎた。その間に数え切れないほど任務に参加したが、いつまで経ってもこの重苦しい不快な感覚には慣れない。

「碧壱、お前は——」

侵食領域の遙か彼方を見つめる碧壱の横顔を見て、仁武は言葉を呑んだ。碧壱の横顔には、うっすらと笑みが浮かんでいるようだった。

「ん？　お前は……何？」

不自然に黙った仁武に碧壱が顔を向けた。やはりどこか楽しんでいるような表情に、仁武の心臓がぎくりと跳ねる。

「お前は、平気みたいだな。碧壱」

「ああ……私は嫌いじゃないんだ。侵食領域は」

「何だって？」

クスッと碧壱は笑うと漆黒の虚空に目を転じた。破壊された旧世紀の巨大な建物や道路の瓦礫が浮かび上がっている。その狭間に弧を描くような放電の光が走った。ただそれだけならば、幻想的な光景だった。

「静かだな……」

感じ入るような呟《つぶや》きだった。碧壱はまた遠い目をしている。

「この静謐《せいひつ》な世界は……海の底、いや、星々の世界のようにも思える。不思議と安らぎを感じてしまうんだ」

まるで、魅入られたかのようだった。デッドマターは倒すべき相手だ。碧壱が言うように安らぎを感じたことなど、仁武は一度だってない。

駄目だ——胸がざわついて、仁武はとっさに碧壱の肩を摑《つか》んだ。

「碧壱」

碧壱は目が覚めたように瞬きをする。不思議そうに仁武を見る目は、いつもの碧壱のものだった。

「ん？　どうした？」

「……ひとりで行くな」

「何を言っているんだ。隣を歩いてるのに」

「そうじゃなくて……」

笑う碧壱に仁武は首を振った。感じた違和感をうまく言葉にできないのがもどかしい。

「ほら、少し急ごう。いつフォーマルハウトが動き出すか分からないんだ。私たちが遅れたら、包囲作戦が台無しになってしまうよ」

「碧壱、俺は——」

「今は作戦に集中しよう。私と仁武がいれば、もう誰も仲間を死なせたりしない。そうだろう？」

「……そうだな」

うん、と碧壱は笑って歩調を早める。その歩みに迷いはない。

いつだってそうだ。

碧壱は迷ってばかりの仁武とは、まるで違っていた。

※　※　※

新和十五年四月——。
仁武が碧壱を初めて見たのは、神楽武術堂《かぐらぶじゅつどう》で行われた新しい志献官たちの任官式のこと。混《こん》位《い》ばかりの新人たちの中で唯一、純の志献官として登用されたのが、源 碧壱だった。
通常、志献官は混の志献官を経て純の志献官へと昇位する。登用から純の位を与えられたのは、仁武と舎利弗《とどろき》玖苑《くおん》以来、二年ぶりだ。
源 碧壱が任官式の壇上に上がる。新志献官の代表として挨拶するためだ。

ピンと背筋を伸ばし、真っ直ぐに前を見つめる。姿勢のいい男だというのが、まず仁武が彼に抱いた感想だった。それ以上でも、それ以下でもない。

源 碧壱の凛とした声が朗々と響く。理想と決意に満ちあふれた宣誓だった。

(あれが、源家の……)

源 碧壱のことは、舎密《せいみ》防衛本部でもかなり早い時期から噂されていた。源家は水素の志献官を輩出している名門だ。生まれ持った元素力が強く、多くが純の志献官としてデッドマターと戦ってきた。

しかし、ここしばらくは源の一族も鳴かず飛ばず。志献官になれても混の志献官止まりだ。満を持して純参位としてやってくる源家の長男に対する評価は期待と皮肉が半々だった。

「彼をどう思いますか？」

小声で話しかけられた仁武が横目で隣を見やれば、二十代半ばの白皙《はくせき》の青年と目が合った。黒と見まがうほどの青髪が、その白い顔をより浮かび上がらせる。空木《うつろぎ》 漆理《しちり》純壱位だ。今日の任官式には、仁武と空木が純の志献官代表として出席していた。

「……血筋だけでやっていけるほど志献官は甘くない。張り子の虎はいりません」

先人の功績は、その人個人のものだ。源家が多く水素の志献官を輩出しているからなんだという。この世界は実力が全てだ。戦えない奴が家の名だけでのうのうと生きていられる場所ではない。

(そう……強くなければ……)

仁武は膝の上できつく拳を握った。強くなければ、何ひとつ守れない。

「張り子の虎、ですか。では、あなたが見極めてみては？」

仁武は怪訝《けげん》に思って隣を見た。

「俺に何をしろと？」

「新人の指導を任せます」

「源 碧壱のですか」

我ながら冷たい声が出たものだと仁武は思った。

「気乗りしませんか」

「新人の教育に費やす時間はありません。十六夜《いざよい》さんに任せればいいでしょう」

清硫《せいりゅう》十六夜純壱位は、仁武が新人のときに指導官だった人だ。仁武と、同期の玖苑をデッドマターと戦えるまでに鍛え上げたのが十六夜だった。十年以上も志献官を務めている。これ以上に適任はいない。源家もベテランが指導につけば文句は言わないだろう。

「何事も経験です。人に教えて見えることもあるでしょう」

「しかし……」

反論しようとした仁武を、会場の拍手が止めた。源 碧壱の宣誓の言葉が終わったのだ。

思わず口をつぐんだ仁武の肩を空木が叩く。

「任せましたよ。鐵純弐位」

仁武は眉間にしわを寄せつつ、了解、と短く息を吐いた。

（指導官など、俺には向いていない。他人に時間を割いている暇など……）

四月の曇り空の下、仁武は黙々と走っていた。空気はまだ肌寒いが、走り込みをするにはちょうどいい。無表情のまま一定の速さで走っていく様はまるでそう設定された機械のようだ。

「——ん！　仁武……っ、鐵仁武純弐位！」

呼び止められ、さらには腕を掴まれる。軽い負荷だ。仁武は足を止めなかった。

「あー！　仁武ー‼　止まってー！」

腕を掴んだ当人をしばらく引きずって、仁武はじろりと見下ろした。煌《きら》めくような白髪の青年が、ゼエゼエと息をしながらしゃがみ込む。

「何をふざけているんだ、有生《ありせ》」

「はあ、はあ……はい。有生陸稀《むつき》純参位、鐵純弐位に、物申しまーす。後ろをご覧あれー」

ヘロヘロと後ろを指さした有生に、仁武は怪訝に眉を寄せて振り返った。二十数名の青年たちが運動場に転々と座り込んでいる。空木が任せると言っていた〝新人〟だ。

仁武は冷ややかに目を細めた。

（確かに、空木さんは〝源　碧壱だけ〟とは言っていなかったが……）

新人といっても、先日任官したばかりの混の志献官のことではない。

座り込んでいるのは去年の昇位試験で純の志献官候補生になった混四位の志献官と、純参位に昇位した志献官たちだ。

（空木さんに一杯食わされたな）

まさか本当の新人を目の前にした任官式で、別の〝新人〟の話をされているとは夢にも思わなかった。

これだけの数の新人教育を任されると知っていたら、もっと強く断っただろう。

仁武は込み上げそうになる不満を払うように、ゆっくりと首を振った。

「体力が足りないな。この程度でやっていけると思っているのか」

「このー、体力お化けめー」

有生は地面に座り込んだまま、仁武の太腿《ふともも》を叩く。

「有生純参位。それは上官に対する態度ではないと思います」

息を弾ませながら有生に注意したのは、源 碧壱だった。

昇位した顔見知りばかりの中で、たったひとり、新人として訓練に加わっている異質な存在だ。

「かったいなー。有生純参位なんて言い方やめよーよ、同じ純参位で、一個しか違わないんだしさー」

「有生純参位は先輩ですから」

「じゃあ、先輩命令！　陸稀って呼んで。むっちゃんでも可！」

ビシッと指を突きつける有生に、碧壱は優しげな笑みを浮かべてみせた。

「お断りします」

「敬いゼロー！　仁武も言ってやってよ！　仲良くしようって！」

「無駄口を叩く元気があるのなら続ける」

「なんでー⁉」

喚《わめ》く有生を無視し、仁武は再び走り出した。

(いつまでも鉄塔勤務気分でいてもらっては困る)

デッドマターとの戦いは持久力が必要だ。今日は最初の訓練ということもあり、各自の基礎体力を知る手っ取り早い方法として走らせているが、仁武の予想を遙かに下回っている。

百歩譲って純弐位の仁武についてこられないのは仕方がないとしても、秋に昇位してから今日まで一体何を訓練してきたのだろうか。

(それに比べて……)

仁武はすぐ後ろに付き従う足音をチラリと振り返った。

あまり体力があるようには見えないが、無理をしている様子もない。

(……源 碧壱)

「伺ってもよろしいでしょうか」

仁武は振り返らずに頷《うなず》いた。

「何だ」

「有生純参位を注意しないのはなぜですか。あれでは規律が乱れるかと」

「お前以外に文句を言う者がいない。それだけだ」

「鐵純弐位もですか」

「……」

仁武は答えなかった。有生は仁武が純参位として入る以前からああだ。混の志献官時代から空木を訪ねてきて、純の志献官たちと仲良くしている。そのことは混の志献官の間でも有名で、有生のあっけらかんとした分け隔てない態度のせいか、皆があの態度に慣れてしまっている。驚くのは今年任官したばかりの新人——つまり、この場では碧壱くらいなものだ。

「そうですか……」

碧壱はうまく納得できないのか、どこか歯切れが悪い。その呟きを最後に、しばらくふたりの足音と息づかいだけが聞こえていた。

「ふう……」

予定していた周回数をこなした仁武は、跳ねる呼吸を整えながらゆっくりと歩く。顎からしたたる汗をぐいっと拭いつつ運動場を見回せば、もう動けないと言わんばかりに志献官たちが座り込んでいた。

「あおちゃんすげー。体力お化け二号〜」

跳ねるような有生の声に振り返る。有生は仁武の後ろを俯《うつむ》きながら歩く碧壱の顔をのぞき込んでいた。

（結局、最後までついてきたか）

有生を始め、休憩を入れながら走る志献官が多い中で、最後まで仁武と同じ速度でついてきたのは碧壱だけだ。

「あお、ちゃんは……やめ……」

有生を遠ざけようとする碧壱はもはや息も絶え絶えだ。脇腹と膝にそれぞれ手を当てて、咳《せ》き込みながらも必死に息を整えようとしている。座り込まないのは彼の意地だろうか。

「よく仁武についていけるね。防衛本部来る前、なんかやってた？」

有生は素直に感心し話しかける。息を切らしながら、碧壱もそれに律儀に答えた。

「父に……体力を……付けるよう……っ、はあ、ちょっと、待って」

碧壱は有生の顔の前に手をかざすと、大きく何度も息をして腰を伸ばした。

「体力がなければ……志献官になっても使い物にならないと……幼少期から、言われていて……知識を蓄える、ことと……はあ、身体を鍛える、ことは……賦活処置を、受けずとも、できますから」

「おー！　だからあおちゃん、そんなでっかいのか！」

「ですから、あおちゃんはやめてくださいと……」

少しうんざりしたように碧壱が言えば、有生はにんまりと笑った。

「あおちゃんが陸稀って呼んで、敬語やめるならやめるよ」

「……」

碧壱はぽかんとすると、ハッと小さく吹き出した。諦めたような笑みだ。

「分かったよ。陸稀……これでいいかな？」

「よしよし、いいぞ！　碧壱と仲良くなったって漆理に教えてくる！」

有生は満面の笑みを浮かべると、お疲れーと元気に手を振って駆けていく。碧壱が手を振り返していたのが、仁武には意外だった。

「……規律が乱れるんじゃなかったのか？」

「これが作戦部の〝規律〟だと理解しました」

有生の背を見送る表情は穏やかだ。

仁武はそんな碧壱から目をそらし、志献官たちへと指示を出す。

「本日の訓練はこれにて終了とする。各自鍛錬を怠らないように。解散！」

有生には解散の号令までいるように言っておかなければと思いながら、仁武も本部へ歩き出す。このあとは自分の訓練をするつもりだった。

「鐵純弐位！　鐵純弐位が私の指導官を務めてくださると伺いました」

碧壱が追いかけてくる。正直なところただ煩わしかった。

「源家の方針があるならそれに従え」

「え……しかし」

「元素術を教えるまでは、身体を鍛えるのみだ」

「いつ教えていただけるんですか」

「今じゃない」

ぴしゃりと言う仁武に、ついてきていた足音が止まる。仁武は振り返らなかった。今はしおらしくしているが、それもいつまでもつか。そもそも、源家当主の息子が本当に前線に出るかも分からない。いずれは一族の名を笠に着て、後ろで志献官たちを使うようになるのだろう。

そんな相手に費やす時間は、仁武にはなかった。

（もっと強くならなければ……）

そうでなければ、志献官である意味がない。

「これはまた……ずいぶんとすっきりしましたね」

「空木さん」

訓練の様子を監督していた仁武の隣に、苦笑しながら空木が来た。ふたりの視線の先には、訓練の障害物走に励む志献官たちがいる。任官式から二カ月あまりが経ち、残っている志献官は元の半分もいない。

「皆、軟弱なんです」

訓練しろと言われたから訓練した。昇位してきた志献官は、純参位であれ、混四位であれそれなりに訓練をしてきたはずなのに、あまりにも根性がない。

「鉄塔からは人手が戻ってきて助かると言われました。かなりの数を無理やり候補生にあげたのでね」

純の志献官候補、つまり、混四位の志献官は元々鉄塔勤務をしていた者たちだ。半数以上を占めていた候補生たちが、そのまま鉄塔勤務へと戻っていった。純参位は食らい付いている。純の志献官は混の志献官と違ってあと戻りができないからだ。それでも仁武の顔色を窺いながら「辞めたい」と相談しに来たのはひとりやふたりではない。

二年前の燈京《とうきょう》湾防衛戦で失った戦力補充のため、とにかく戦える者を増やそうと大量に昇位させたツケがここに来て現れた形だった。

「この程度の訓練で音を上げるなら、戦いにおいても役には立ちません」

仁武はきっぱりと言い切った。役立たずは悪だ。デッドマターとの戦いは数時間に及ぶこともある。十分な体力も付けずに挑めば、自分だけでなく仲間の足も引っ張ることになりかねない。

空木の視線が数秒自分に注がれたのを仁武は感じていたが、気づかないふりをして訓練をする志献官たちを見つめた。障害物走は、足場が悪く瓦礫が浮遊している侵食領域内に入ったときに役に立つ。デッドマターが襲う危険もないこの場所でろくに動けないのなら、現場でも使えないのは目に見えていた。

空木は結局小さく首を振って志献官たちに視線を戻す。

「……源くんは張り子の虎でしたか？」

「まだ分かりません」

「そうですか」

空木の声がかすかに笑っていた。仁武は自分の強情を笑われたようで内心むっとしながらも口を閉じる。

「おーい！　おーーーい！　しーちーりー‼」

障害物の高い壁の上でぴょんぴょんと有生が跳ねる。どうしても真面目さの足りない有生に、仁武の眉間に深いしわが寄った。有生が下りないから、次の志献官が登れないでいる。

「漆理、見ててー！」

有生のいる分厚い壁は、高さ三メートル近くある高い壁だ。有生はまるで羽でも生えているように飛び降りると、軽やかな動きで次から次へと障害物をこなしていく。身長の高い仁武にはできないような小回りを利かせて最後まで駆け抜け、着地すると両手を挙げてポーズを決めた。

「あはは！　漆理見てたー？」

空木は有生に答える代わりに胸元に小さく手を上げて応じ、仁武に言った。

「真面目にやるよう言い聞かせておきます」

「自分は何も言っていません」

胸の内を見透かされたようだった。仁武は後ろで組んだ手にぐっと力を込める。

有生は不真面目ですぐに弱音を吐くお調子者だ。善良な人間ではあるが、正直、空木ほどの人が有生の何にそれほどの信頼を置いているのか、仁武には到底理解できない。

「――源くんです」

空木の言葉に視線をやれば、出発点に碧壱が立っている。駆け出す前に碧壱が短く息を吐いたのが、遠目からでも分かった。

「……速いな」

少し驚いたように空木が言う。

「源家の方針に従って鍛えていたそうです」

初日の訓練で仁武についてきたときから思っていたが、身体を鍛えているというのは誇張ではないようだ。

碧壱には無駄な動きがなく、判断に迷いがない。自分の身体をしっかりと把握している証拠だ。身体の動かし方がとても上手い。細身だが力強く、その長身を持て余すこともない。自身の身体を自在に動かすのに十分な、しなやかな筋肉がついているのが服の上からでもよく分かる。

仁武が訓練を始めた頃は、あんなに動けなかった。

「……有生と源は優秀です。他も、及第点かと」

空木が有生に置く信頼の理由が分からなくても、碧壱の実力を素直に認めがたくても、あのふたりが新しく純参位になった者たちの中で頭角を現しているのは確かだ。

空木はひとつ頷くと、考えるように顎に軽く握った拳を当てた。

「賦活処置後の元素力も安定していると聞きました。源君にもそろそろ元素術を教えてもよさそうですね」

昇位組は去年の内に元素術の基礎を習得している。今いる新人の中で元素術を教わっていないのは碧壱だけだ。今度こそ、仁武と碧壱、一対一の指導になるだろう。

仁武は軽く目を伏せた。

「……張り子の虎かどうか分かるでしょう」

独り言のように呟けば、空木が軽く肩を叩く。

「任せましたよ」

空木が去って行く。ちょうど、訓練の終了時間だ。

「本日はここまで。解散！」

仁武が声を上げれば、志献官たちは緊張を解いたようにお喋《しゃべ》りを始める。

「碧壱、碧壱！　競走しよう！」

「競走？　私が勝つと思うよ」

「やってみないと分かんないじゃん」

そんなふたりの声を聞きながら、仁武は志献官たちに背を向ける。

しばらく行ったところで、わあっと歓声が上がった。

「……今のうちだけだ」

競走しているふたりの姿を冷ややかな眼差しで振り返り、仁武は突き放すように小さく吐き捨てた。

元素術を学ぶようになれば、近いうちにデッドマターとの戦いに駆り出されることになる。自分が戦う相手が何なのかその身を以《もっ》て知れば、はしゃいでなどいられなくなるだろう。

仁武がそうであったように。


「だからね、碧壱。ビッグバン！なんだよ」

障害物走から数日後。朗らかな晴天の下、運動場に有生の声が響いた。

「……はあ」

碧壱は胡乱《うろん》そうに有生を見たあと、ため息とともに首を振る。

そんなふたりを半眼になって見ていた仁武は、早く自分の訓練に向かいたいと空を仰いだ。

有生がああも騒がしいのには訳がある。碧壱が元素術で水素を生み出すことに手こずっているのを知り、自分が教えると張り切っているのだ。仁武も、新人の中で最も元素術の上手い有生が教えるのなら、と承諾した。そこにはふたりで教えあってくれれば自分の訓練に時間が取れるという下心があったが、指導官なんだから、と有生に引っ張られて今に至っている。

「碧壱見ててね、ダイヤモンド作るから」

有生は空《から》の手をぐっと握って開いた。そこには赤ん坊の拳大ほどもあるダイヤモンドが載っている。

「ね！　簡単！　一番想像しやすい形で想像して。で、ポンって出すんだ」

ダイヤモンドは炭素でできている。炭素の志献官である有生が得意とする形だった。鉄の志献官である仁武ならば、武器である刀や鉄パイプなどを想像し、創造する。水素ならば何だろうか。すぐには思い浮かばなかった。

「綺麗でしょ、いつかすっげーでっかいの作るのが目標なんだ」

有生はダイヤモンドを頭上に掲げる。陽光を弾いてキラキラと輝いた。

「売りたいなぁ……」

「規則で禁止されている」

有生の背後で仁武が言えば、有生はくるりと振り返って口をとがらせた。

「志献官ってそういうとこ、きゅーくつねー？」

「窮屈ではない。規則だ」

有生はふーんと鼻を鳴らし、ダイヤモンドを握り締める。そして、次に開いて碧壱に差し出したときには真っ黒な細い棒が載っていた。

「これは鉛筆の芯！」

「黒鉛……グラファイトか」

「そう、それ！　碧壱、頭いいー」

満面の笑みの有生に対し、碧壱は難しい顔をしている。頭の中で色々と考えているのだろう。

碧壱は掌をじっと見つめると、握り締めた。

「……っ」

ぱっと手を開くが、何も起こった様子はない。碧壱の顔を見れば何の手応えもなかったのは一目瞭然だった。

「鐵純弐位」

何度も失敗を繰り返したあと、碧壱は仁武を見る。教えを請《こ》うような眼差しに、仁武は首を振った。

「教えるべきことは教えた。あとは自分で摑め」

理論を教えることはできる。手本を見せることもできる。だが、元素術は感覚的なものだ。自分の体内にある元素力を、元素として放出する感覚は言葉で説明できるものではない。

（結局、この程度ということか）

水素は気体だ。仁武の鉄や有生のダイヤモンドや黒鉛のような固体を生み出すのとは勝手が違うのだろう。

そうだとしても、今の碧壱はまさしく張り子の虎だ。源家の名ばかり大きくて、実体が伴っていない。たとえどれほど強い元素力を内に秘めていたとしても、実際に使えなければ宝の持ち腐れだ。

「ねえねえ碧壱。源家秘伝の元素術ー！　とかないの？」

「それは、ないこともないけど」

碧壱は眉間にしわを寄せると何かを呟いた。

「水素《みなもと》なるもの地にあれまし……」

改めて手を開く。碧壱の顔には落胆があった。それでもめげず、悔しげに何度も何度も挑戦する。仁武は失敗するほどに切羽詰まっていく碧壱を見てため息をついた。

「……今日はここまでとする」

「っ、待ってください。まだ……！」

「焦ったところでできるようにはならない」

碧壱は歯を食いしばり俯いた。

心配そうにする有生に碧壱を任せ、仁武はふたりに背を向ける。

「待ってください、鐵純弐位！」

碧壱が仁武の行く手を阻む。

「訓練は終わりだ」

「まだ成功していません」

「それがお前の今の実力だろう」

ぐっと碧壱が口を引き結ぶ。

「ふ、ふたりとも、喧嘩は駄目だよ。怖い顔やめよー？」

有生がおろおろと仁武と碧壱を見上げるが、ふたりは互いに目を離さなかった。

「もう一度、鐵純弐位の元素術を見せてください」

「実演なら有生が散々見せたはずだ」

「私は鐵純弐位の元素術が――」

「仁武！」

有生の悲鳴が響く。仁武の刀が碧壱の首に触れていた。

「見たな」

「……はい」

ゴクリと碧壱が喉を上下させる。

碧壱に刀を向けている腕に有生がしがみついた。

「何やってんの！　何やってんだよ、仁武！」

「いいんだ、有生」

我が事のように声を上げる有生を碧壱が制する。

仁武はふたりに一瞥《いちべつ》を向けると、今度こそその場をあとにした。


「碧壱！　なんで止めるんだ。あんなのってない！」

去って行く仁武の背中を見て、陸稀が悔しげに地団駄を踏む。

「いいんだ……本当に、いいんだ」

「碧壱？」

酷く落ち着いた声だ。あんなに焦っていたのに、と陸稀は怪訝に碧壱の顔をのぞき込む。碧壱の目は、宝物を見つけたように輝いていた。

ギィギィと、耳障りな音が聞こえる。耳を塞いでも消えない。仁武の心の内で鳴っているからだ。

仁武は雑念を斬り払うように刀を振るった。斬っても斬っても雑念は消えない。うまくいかない苛立ちが太刀筋を誤らせ、腕にわずかな痛みが走る。

「……何をやってるんだ、俺は」

仁武は訓練の手を止め天を仰いだ。夕方の戦技訓練場はひっそりと静まりかえっている。

さっきは碧壱に対して酷く大人げないことをした。その自覚はある。

元素術を見せてほしいと言うのなら、素直に見せればよかった。たいした手間でもないし、力もさほど使わない。指導官なのだからそうしてしかるべきだ――頭では分かっていても、なぜか抵抗を感じた。あげくの果てには刀を突きつけることさえした。

源碧壱の何が気に食わないのか、仁武も分かっている。これはただの偏見だ。源家の名を背負ってやってきた碧壱に対する先入観が凝り固まって消えない。

ほら見たことか――元素術のできない碧壱を見て、偏見に塗れた自分が嗤《わら》う。ギィギィと聞こえる耳障りな音が、まるで嗤い声のようだ。

仁武は振り払うように強く首を振った。

（もしも源 碧壱《あいつ》がちゃんと元素術を使えていたら……）

源家の名のとおり、持っている強い水素の元素力で仁武を圧倒したならば、仁武は反発を覚えながらも安堵していたかもしれない。

こいつは、自分の身を守れるだけの力を持っていると、認めることができたかもしれない。

弱さは罪だ。弱さは悪だ。弱い人間は誰も救えない。何も守れない。だから強くならなければならない。

血筋ばかり立派でも、その現実は揺るがない。

純位の志献官になったからには、あとに退くことは許されない。

戦わなければ、守らなければ、命は簡単にこぼれていってしまう。

「……っ」

右手が震えて、握っていた刀がカタカタと小さく音を立てた。仁武は柄を強く握り締める。

（駄目だ……こんなに心が弱くては）

もっと自分を律して、どんな感情にも振り回されない鋼のような人間にならなければ……。

カタン、と背後で小さな物音がした。反射的に刀を構えて振り返る。

「私です。鐵純弐位」

夕方の濃い影の中からゆっくりと碧壱が現れた。仁武は警戒しつつも刀を下ろす。

「何の用だ」

碧壱は真っ直ぐに仁武を見つめると、拳を前に突き出した。一体何の真似かと訝《いぶか》しく思う仁武に、碧壱が手を開く。ぶらりと揺れたのは、掌で容易《たやす》く握り込めてしまうほど小さな、ふわふわとした灰色のうさぎのぬいぐるみだった。

「……何の真似だ」

「陸稀が、鐵純弐位は身体に似合わず小さな生き物が好きだと言っていたので、廻遊《かいゆう》庭園のふれあい動物園まで行って来ました」

「……は？」

思いもよらない話に唖然とする。そんな仁武の手を摑んで、碧壱がぬいぐるみを仁武の手に握らせた。

「そして、鐵純弐位がそのことをあまり周りに知られたくないのだということも」

碧壱が何のつもりか全く分からず、仁武は眉根を寄せた。

「バラされたくなければ、私に元素術の特訓をしてください」

「そんなことが脅しになるとでも思っているのか」

碧壱は、生意気な顔でフンと笑った。

「さあ、どうでしょう。脅しにならないなら、賄賂《わいろ》でも構いません」

「お前……」

仁武はさらに眉間のしわを深くする。脅迫だの、賄賂だの、名家の子息がすることではない。しかも、それに使っているのが金でも高価な贈り物でもなく、数百結園《ゆうえん》で買えるぬいぐるみだなんて。

「……馬鹿にしているのか？」

剣呑《けんのん》に声を低める仁武を碧壱は半ば睨《にら》むように見つめた。

「そうです。私の指導官という任務を全うしてくださらない幼稚さには飽き飽きしたので」

碧壱の態度はどこまでも堂々としてふてぶてしい。仁武はその真っ直ぐな目から思わず目をそらし、内心で舌打ちをした。

「……さっきも言ったが、教えることは全て教えた。足りないと思うなら、一族の教えを紐解くなり何なりすればいい」

「家は関係ありません」

拒絶さえ感じるきっぱりとした声だった。思わず碧壱を見返せば、ふてぶてしさの消えた燃えるような苛烈な眼差しが仁武を睨んでいた。

「……すみません」

碧壱は謝ると、目を閉じてひとつ深呼吸をする。次に目を開けたとき、そこに燃えるような激情は存在しなかった。

「確かに私は源家の名を背負ってここにいます。ですが、私が志献官となり、この結倭ノ国《ゆわのくに》を守りたいという気持ちに、家の名は関係ありません」

返す言葉もなかった。

(果たして、俺にここまでの覚悟はあっただろうか……)

仁武は自ら望んで志献官になったわけではなかった。志献官への憧れだって人並みで、賦活処置を受けて鉄の志献官になるようにと通達が来た日には、誇らしさよりも戸惑いが勝った。仁武は亡き父に代わって家族を守らなければならず、そして、鉄の志献官の宿命を負う覚悟もなかったからだ。

志献官になったのは、幼い弟妹《きょうだい》の後押しのおかげだった。生前父も、強くなって家族を守れと言っていた。志献官になって父との約束が果たせるのなら、鉄の志献官の宿命にも打ち勝ってみせると誓って、志献官になったのだ。

けれどそれでは足りなかったのだろう。力も、覚悟も。

ギィギィと胸の中で鳴り響いているのは、全てを取りこぼした自分の、血にまみれて錆《さ》び付いた〝あの日〟の悲鳴だ。

仁武の碧壱に対する偏見がいつまで経っても消えないのは、自分の足りなさを見せつけられているようだからだ。

任官式で見た碧壱の目には覚悟があった。言葉には決意があった。その覚悟と決意に裏打ちされた強さがあった。

仁武には足りなかったものだ。十分な決意と覚悟が〝あの日〟の仁武にもあったならば、きっと未来は変わっていただろう。

結局、仁武は碧壱をうらやんでいたのだ。

「……はあ」

なんて情けない。

仁武は両手で顔を覆った。握らされていたぬいぐるみの柔らかな毛が頬に触れた。

「ハッ……」

思わず笑う。碧壱が居心地悪そうにしたのが気配で分かった。

「鐵純弐位、私は――」

「何も言わなくていい。俺が全面的に悪かった」

「え……」

両手を退けてみれば、碧壱がぽかんと目を丸くしていた。

何度もその顔を見ているはずなのに、どうしてか初めて見るような心地だった。

（何だ……）

ここにいるのは、ただの十六歳の少年だ。

源の名前なんて関係ない。目の前のことに一生懸命で、真っ直ぐな、ただひとりの人間だった。

碧壱はずっと、最初からずっと、何も変わっていない。張り子の虎だと仁武が思いたかっただけだ。

仁武は自分の小ささが心底情けなくて、逆に笑いが込み上げてきた。見られたくなくて口元を手で隠す。

「鐵純弐位？」

「いや……指導官などと偉ぶっているが、俺の元素術などまだまだだ。教えを請うなら他の誰かの方がいい」

空木、十六夜、玖苑――その他の誰だって、仁武などよりよほどうまく碧壱を導くことができるだろう。しかし、碧壱はきっぱりと首を振った。

「いいえ。鐵純弐位にお願いします」

「なぜだ」

キラリと碧壱の目が輝いた気がした。碧壱は一歩前に出る。

「先ほど見せてくださった元素術。あの無駄のなさ、隙のなさ、正確さ……そのどれもが、私の理想でした。だから、鐵純弐位に教えていただきたいんです」

「あのくらい、別に……」

誰にだってできる、と思ったが仁武は口をつぐんだ。刃を首筋に当てられた碧壱の、恐れる以上に教わりたいと思ったその貪欲さに内心で白旗を揚げる。

仁武は手の中にある小さなうさぎを見下ろして苦笑した。

「分かった。特訓は口止め料ということにしておこう」

「っ、よろしくお願いします」

安堵したように碧壱が微笑を浮かべる。

おかしなことになった。そう思ったが、嫌な気分ではなかった。小さなぬいぐるみが掌をくすぐるように、ギィギィと鳴っていた胸の中がくすぐったかった。


碧壱の口止め料は、ずいぶん高くついた。

碧壱との特訓を始めてから夏が過ぎ、気がつけば秋になっていた。

仁武は元素力を使い切り、疲れた身体を地面の上に大の字に投げ出す。薄く朱を引く空を見上げ、心地よい秋風に前髪を揺らしながら小さく笑った。

「何か面白いものでも飛んでる？」

仁武のすぐ隣に腰を下ろした声の主に視線を遣る。碧壱も探すように空を見ていた。

「思い出していたんだ」

「何を？」

「お前が俺に『元素術の特訓をしてくれ』と脅迫しに来たときのことだ」

「あれは……仁武も悪いだろう？」

碧壱は少し気まずげに、立てた膝の上に頬杖をついた。

「頑なで、私の話に耳を貸そうともしないから」

そうだったな、と仁武は笑いながら肘を立て、上体を起こした。

「実はあのときの〝あれ〟は時々持ち歩いている」

「え？」

きょとんと振り返った碧壱に、仁武はポケットから小さな灰色のうさぎのぬいぐるみを出して見せた。

「触っていると和む」

目を見開いた碧壱はふはっと噴き出した。

「仁武！　本当に？　うちの弟みたいなことするんだな」

よほど笑いのつぼに入ったのか、碧壱はひとしきり笑うと仁武と肩を並べるように両手を後ろについた。

「気に入ってくれて嬉しいよ。あのときはあれしか思い浮かばないくらい、切羽詰まっていたんだ」

碧壱の横顔から笑みが消える。寂しげに遠くに視線を遣って、ため息をついた。

「源家の顔に、泥を塗るわけにはいかなかったから」

「家は関係ないと言っていただろう？」

「そうだよ……でも、切り離すのは無理だ。私はどうしたって源の人間で、水素の志献官として大成することを期待されてここにいる。私は〝それ〟しか知らないし、私には〝それ〟しかない」

「そんなことは……」

仁武からは碧壱の横顔しか見えない。それでも分かるほど寂しげな笑みを浮かべて、碧壱はごろりと横になった。

「父は可哀想な人でね。源一族であるのに、何の力も持たなかった人なんだ。知ってるか？父の兄である私の伯父も純の志献官だった」

「……知ってる」

うん、と碧壱は頷く。物静かな雰囲気のあるこの青年は、存外よく喋った。

「伯父は若くして亡くなったから私は顔も見たことはないけれど、父は強い劣等感を抱いていてね。私が因子を持っていたことを、父は我が事のように喜んだ。自分は出来損ないなどではなかったと、源の人間だったと。そのときやっと思えたんだろうな。……父にとって私は、兄を超えるための分身のようなものだったのだと思う」

「そんな……」

「それからは、毎日が志献官になるための特訓だ。志献官になるのが遅れたのも、父が私に完壁を求めたからだ」

「碧壱……」

仁武は目を伏せた。やはり碧壱には碧壱の事情があったのだ。

「そんな顔をしないでくれ。私は悲観なんてしていないよ。源一族に生まれ、水素の志献官であることに誇りを持っている。この道は、確かに私が選んだ道だ」

どんな顔をしているというのだろう。仁武は自分の頬をさすった。手についた砂がざらついていた。

碧壱はそんな仁武を横目で見ると、片方の口角を上げて不敵に笑った。

「仁武は、私のことが嫌いだったろう？」

「っ！　それは」

「いいんだ。別に仁武だけじゃない」

「……え？」

碧壱は答えず、ぼんやりと空を見上げた。太陽の残光が夜に侵食されて、星々が輝き始める。

「悔しかった。源の名前のせいで正当に評価されないことが。何をやっても源一族だからと思われることが」

「……すまん」

「過ぎたことだよ。白状すると、仁武に元素術を教えてほしいと言ったのは、見返したかったからなんだ」

仁武はそうだったのかと目を見開いた。その顔をチラリと見て、碧壱が破顔する。

「もちろん、あのとき言った言葉も嘘ではないけれど」

碧壱は言葉を切ると、何かを閉じ込めるように目を閉じた。

「私は、強くなりたい。誰よりも。誰にも源一族だからなんて言わせないくらい、強くなる」

「強く……」

強くなりたい、その気持ちは仁武にも痛いほどよく分かった。無力では何も守れない。全てを失ってしまう。

「……仁武、聞いてもいいかな」

「何だ？」

「二年前のこと」

ぎくりと仁武は身体を強ばらせた。逃げ出したくなるような衝動に駆られて身体を起こす。右手の小さな震えを握り締めた。

二年前。それが意味するのは、ひとつに決まっている。

悪夢のような、〝あの日〟――燈京湾防衛戦。

「どうして……」

「噂なんていくらでも聞こえてくるよ。いちいち教えてくる人もいるしね。でも、仁武の言葉だけが真実だ」

どんな噂か碧壱は言わなかったが、こうして聞いてくるくらいだ。何を耳にしたのかは見当がつく。

碧壱を振り返ることができなかった。嫌な汗がにじみ、喉が渇く。

「……っ」

仁武は固く目を閉じた。今もあの日の光景を夢に見る。忘れ得ぬ絶望を、無力感を、何度も何度も突きつけられる。

沈黙が落ちた。辺りはすっかり暗くなり、空には星々が瞬いている。

「俺、は……」

たった一言が、情けないほど震えた。誰にも話したことがない想いと言葉を抱えた胸が苦しくて息が詰まる。仁武は俯き、片手で顔を覆った。

「……お前が聞いたとおりだ。俺は……俺は、何もできなかった……俺がもっと強ければ……っ、あの人たちを、救えたはずだ」

弱かったせいで、未熟だったせいで皆を死なせてしまった。自分ひとりだけが生き残った。彼らこそ生きるべき人たちだったのに。

言葉を詰まらせながら当時を語る仁武の言葉を、碧壱はただ黙って聞いていた。

「……そうか」

隣で碧壱が立ち上がる気配がする。

失望しただろうか。それとも、情けないと思っただろうか。仁武はあの日にとらわれ続けている弱い人間だ。強くなりたいと志して教えを請うた相手が、志献官の中で最も頼るべき人間ではない、弱い人間だったと知って落胆しないはずがない。

「仁武」

碧壱の声が降ってくる。仁武は顔を上げられなかった。

「それでも戦うことを選んだ仁武は、誰よりも強いと思う」

仁武はハッと息を呑み、顔を上げた。夜の中で星色の目が真っ直ぐに仁武を見下ろしていた。

「私には仁武の気持ちは分からない。きっと、想像もつかないくらい苦しんできたんだろう。けれど、これだけは分かるよ。私と仁武がいれば、もう誰も仲間を死なせずにすむはずだ」

「碧壱……」

目の前に差し出された手を呆然と見つめた。

この手を取ってもいいのだろうか。自分と関わることで、また失ってしまわないだろうか。迷う仁武に碧壱が皮肉交じりに笑ってみせた。

「情けないな。私より四つも年上なのに、迷子みたいな顔をして」

「なっ……」

「鐵純弐位は心も顔も鉄でできてるって噂だったのに。脱落したみんなが今の仁武を見たら、別人だって思うよ」

「っ、俺は何も変わってない」

仁武はひらひらと目の前で揺れる手を摑んだ。強く引き上げられて、あんなに重苦しかった心が、驚くほど軽くなったのが分かった。

「そうかな？　だったら今年の昇位試験で私は仁武に並ぶだろうね」

「どういう理屈だ」

眉根を寄せた仁武の胸を、碧壱はトンと拳で叩いた。

「人間は鉄ではないってことだよ」

「は……？」

意味が分からない。そんなのは当たり前だ。

仁武の怪訝な眼差しに意味深な笑みをひとつ向けて、碧壱は踵《きびす》を返す。去って行く碧壱は仁武を振り返りもしない。

そのあまりにも〝らしい〟振る舞いに仁武は小さく首を振り、碧壱のあとを追いかけたのだった。


ふたりとも昇位試験に受かったのは、それから数週間後のことだった。

「あーあ。追いつき損ねてしまったな。鐵純壱位」

そう言いながらも、碧壱は少しも悔しそうではなかった。

「来年はお前も純壱位になるんだろう？」

「もちろん。すぐに追いつくさ」

それから、仁武は碧壱と組んで防衛任務に出ることが多くなった。純壱位と純弐位のふたりだ。デッドマターが現れたと聞けばどこへでも駆けつけ、あっという間に倒してみせた。

だが、順調なふたりとは裏腹に、デッドマターとの戦いに進展はなかった。

どんなに守っても、デッドマターとの戦いは常にじりじりと削られていくばかりだった。押し返すには、人間はあまりにも弱く、そして、無力だ。

それでも、いつか必ず取り戻せると信じて戦った。まだ守るべきものがあった。

けれど、人の心は先の見えない戦いに命をかけ続けられるほど強くはない。焦りにも似た感情がいつも仁武の中にはあった。卑屈にならずにすんだのは、碧壱がいたからだ。いつも真っ直ぐ前を向き、共に歩いてくれる。あの日摑んだ手の力強さは、いつも仁武を励ましてくれていた。

「……ん？」

本部の二階の廊下を歩いていた仁武が何気なく窓の外を見ると、ふたつの人影があった。玖苑と碧壱だ。

「……珍しいな」

無意識に口に出して始めて気づく。碧壱と玖苑のふたりが話しているところを、仁武は今まで見たことがなかった。碧壱が防衛本部に入って、丸一年経つというのにだ。

何を話しているのだろうか。耳をそばだてれば聞こえないこともないが、盗み聞きは気が進まない。

あとで碧壱に聞いてみるかと思いながら窓辺から離れようとした仁武は、ふと感じた違和感に改めてふたりを観察した。

（様子が……）

仲良くお喋りしているという雰囲気ではなかった。かといって、言い争っていると言うほど険悪でもない。しかし、空気が張り詰めていた。

碧壱は真面目だが人当たりはいいし、玖苑は自由気ままだが友好的な人間だ。そのふたりが対面して悪い空気になる方が難しいだろう。

しかし現実は違った。妙な緊張感が見ているだけの仁武にまで感じられた。ふたりから目が離せないままでいると、碧壱が玖苑に背を向けた。玖苑も呼び止めるそぶりを見せない。それどころか、呆《あき》れたように肩をすくめた。

(何が……、っ!)

仁武の視線を感じたのだろうか。ふっと玖苑が顔を上げた。目が合う瞬間に反射的に壁に身を隠す。同期ではあるが、玖苑とは燈京湾防衛戦のあと、ほとんど関わらずに過ごしてきた。

(確か……つまらない、だったか)

燈京湾防衛戦後、仁武はなんとか絶望と後悔を呑み込んで強くなろうと立ち上がった。毎日毎日訓練に明け暮れた。迷うような弱い心では駄目だと自らを戒めて、心を鋼にしようとただひたすらに——そんな仁武を見て、玖苑はまるでおもちゃに飽きた子供のように言ったのだ。

『仁武、キミってなんてつまらないんだい?』

当時、仁武は十八歳、玖苑は十七歳。

真面目一辺倒の仁武は、遊びたい玖苑にはつまらなかったのだろう。心底退屈そうに言い放って以来、玖苑は仁武に目もくれなくなった。つまらない仁武が構わなくても、玖苑が一声掛ければ構ってくれる人間など山ほどいる。

その頃の仁武は気まぐれな玖苑のお遊びに付き合ってやる余裕はなかったし、何よりも——。

「……」

仁武は足早にその場から立ち去った。

(あいつを見ていると、どうしても考えてしまう……)

あの日、もしも仁武ではなく玖苑が作戦に参加していたのなら、もっと違う結果になったのではないか。皆はまだ生きていたのではないか。

考えたところでどうしようもない〝もしも〟が、玖苑という形で目の前に突きつけられているようで、まともに向き合うこともできない。そんな弱い自分にも嫌気が差す。

「……仁武？」

「っ、碧壱」

いつの間にか建物の外へ向かっていたらしい。逆に外から戻ってきた碧壱と鉢合わせてしまった。盗み聞きしていたわけではないが、なんとなく後ろめたくて目をそらす。

「何かあった？　怖い顔だ」

「いや……何でもない。少し考え事をしていただけだ。それよりさっき」

言葉を呑み込み、内心しまったと舌打ちをする。あんな雰囲気だった訳をこんなふうに聞くつもりはなかったのに、焦って口が滑ってしまった。

「さっき？」

不思議そうにする碧壱に仁武は自分の目元を片手で覆った。盗み聞きはしていなくても、盗み見はしていた。なんて情けないのだろう。

「……さっき、二階から見えて」

碧壱は不思議そうにすると、気づいたように目を見張った。

「ああ、もしかして、舎利弗純壱位とのこと？」

「すまない……すぐ立ち去るつもりだったんだが」

「何か聞いた？」

「いや、聞いてない」

「ならいいよ」

碧壱は困ったように笑うと、何でもないんだ、と首を振った。

「ちょっとした行き違いがあっただけだ。たいしたことじゃない」

「そ、そうか。なら、よかった……」

たいしたことじゃない、と碧壱は言うが、違和感がじわじわと胸に広がっていく。

「仁武、そんなことよりこのあと時間ある？　元素術の訓練をしようと思うんだ。ついでに分子術も」

「ああ、付き合うよ」

仁武は即座に頷いた。

訓練に打ち込めば、この得体の知れない胸の違和感もきっと消えてくれるはずだ。


仁武が十六夜に本部の中庭で遭遇したのは、それからしばらくしてのことだった。

「おう、仁武。純壱位おめっとさん……って、ちょーっと見ないうちにいい顔ンなったなぁ」

煙草を吸いながら目を丸くしている十六夜に、仁武は控えめに眉根を寄せた。顔を見たのは実に一年ぶりだ。時々防衛本部に顔を出していたらしいが、仁武自身が実際に会うのは久しぶりだった。

「十六夜さんの方こそ、見ないうちに子供を引き取ったって聞きましたが」

　去年の夏頃だろうか。十六夜が子供を保護して連れて帰ってきたと噂で聞いた。隠し子ではないかとの憶測もあったのをよく覚えている。

「ま、成り行きってやつ？　一那《いちな》ね。塩水流《しおづる》一那。近いうち志献官になるけど、人見知り激しいから挨拶はまた今度」

　ぷか、と煙を吐き出して十六夜は笑った。

「ピチピチの十二歳。あ、十三歳だっけ？　ま、そんくらい。それはそうと、聞いたぜ？　仁武。源んとこの坊ちゃんと友達になったって」

「友達……」

「碧壱だっけ？　ちょっと話したけどいいヤツじゃない」

「不審がられませんでしたか？」

「俺のこともちゃんと知ってたよ。さすがだねぇ」

　クックと笑い、十六夜は煙草を口に当てて目を伏せた。

「……鉄と水素か」

「何ですか」

「いやぁ、やっぱ志献官ってのは、元素じゃないんだなって面白かっただけだよ」

「はい？」

「知ってるだろ？　本来、鉄と水素はあんまり相性が良くない」

「水素脆性《すいそぜいせい》……水素を吸収した金属は脆《もろ》くなり、割れやすくなる」

「そうそれ。でも、志献官《おれたち》は人間だからさ。碧壱と出会ったことで、お前のガッチガチに凝り固まったもんがほぐれたんだな」

「……」

「大事にしろよ、友達は」

「……はい」

友達というそのたった一言が、無性に気恥ずかしくて、くすぐったくて、そして、どうしようもなく誇らしかった。


季節が色を変えながら、日々は坦々と過ぎていった。

そんな、秋の夜のこと。

真夜中に寮の廊下から聞こえた物音に仁武は目を覚ました。足音だ。ゆっくりと廊下を歩いている。

(誰だ……?)

防衛本部の人間であればこんな時間に出歩かないし、第一、あんな覇気のない歩き方はしない。忍んでいるという様子でもないから余計に気になった。

仁武が扉に近づいて聞き耳を立てていると、足音は隣の部屋で止まった。隣といえば碧壱の部屋だ。

「碧壱?」

思わず扉を開けた。廊下は暗かったが、隣の部屋の前に立っているのは確かに碧壱だ。

「どうしたんだ？　碧壱」

今日は純壱位に昇位したお祝いに、燈京にある実家に呼ばれて帰省していたはずだ。

碧壱は無理やり明るくしたような、覇気のない声で答えた。

「仁武……すまない、起こしたかな」

起こされたって構わなかった。そのくらい様子がおかしい。

「今日は実家に泊まってくるんじゃなかったのか？」

「……」

いつだって真っ直ぐだった目が、迷うように揺れていた。碧壱は小さく口を開き、うなだれるように扉の取っ手を見下ろすと、ゆっくりと首を振る。

「なんとなく、戻ってきてしまったんだ。考えたいことがあって」

「……大丈夫か？」

「うん。大丈夫」

碧壱は力なく笑うと、自室へと入っていった。その扉が閉まっても、仁武はしばらくその場に立ち尽くした。言い知れない心配が、胸に居座っていた。

（実家で何かあったのか……？）

家族仲はいいと聞いていた。お祝いをしたいからと呼ばれ、碧壱も嬉しそうに帰っていったのに、どうしたのだろう。

もしかしたら、純壱位になるために頑張った疲れが、家族に会ったことでどっと出たのかもしれない。けれど、考えたところで仁武に分かるはずもない。

（俺にも何かしてやれることがあればいいんだが……）

碧壱が後悔に途方に暮れる仁武を引っ張り上げてくれたように。仲間として、友人として、自分に何ができるだろう。

——何ができたのだろうか。

※　※　※

新和十七年八月、旧世界・新宿——。

戦線は崩壊した。

肩で息をする仁武は、刀を構えて少し離れた場所の碧壱を確かめる。お互いに致命的な怪我はなく、両足でしっかりと立っていた。

「動ける者は負傷者に手を貸せ！」

仁武は背後の志献官たちに向かって声を張り上げた。しかしここは侵食領域内だ。どこまで届いたかは分からない。

まるで、泥沼にはまり込んだように、身体が重い。作戦開始時からただでさえ重たかった侵食圧が、さらにその強さを増している。こんな高密度の侵食領域は仁武も初めてだった。

純壱位の仁武でさえそうなのだ。背後にいる純参位や混四位の志献官たちなど、動くこともままならないだろう。

それでも、逃げなければ命はない。

ズン、と空気が一段と重たくなった。

圧倒的な虚無。長い四肢を揺らしながら、巨大な――まるで人間のような形の災厄が、ゆらゆらと高層ビル群から姿をのぞかせた。

脅《きょう》威《い》指《し》標《ひょう》一等級、八岐《ヤマタ》型デッドマター『フォーマルハウト』。過去、何度も志献官たちの侵攻を退け、今もなお新宿に鎮座し続けている。

フォーマルハウトはまるで逃げ惑う人間たちを嘲笑うようにそこに在った。デッドマターに意志などない。そのはずなのに、ぽっかりと穴の開いた頭部から、肩や腕、胸に現れた幾つもの貌《かお》から、獲物をいたぶるような醜悪な視線を、仁武は感じた。

「……っ」

圧倒され、空唾《からつば》を飲み込んだ喉が引きつる。

フォーマルハウトは侵食を広げる型のデッドマターではない。ただ、圧倒的な力でそこにある。だからこそ、今回の作戦は包囲作戦だったのだ。

フォーマルハウトに近づくほどに侵食圧は高密度になってくるが、その周縁、つまり結界の境界面へ向かうほど侵食圧の密度が下がる。

観測部は今回、中心部の侵食圧が下がってきているとの観測結果を提示。原因は不明だが、フォーマルハウトが休眠状態にある可能性を示唆した。

これを受け、司令である花槻《かつき》はフォーマルハウト討伐を決断した。

それが、今回の包囲作戦だ。

仁武、碧壱、玖苑の三名の純壱位を主力とし、純弐位、純参位は補助に回る。さらに今回の作戦が通常と異なったのは、本来結界内にいるはずの混四位の志献官を侵食領域に入れて、最も侵食圧の薄いところで活動させたことだ。

万全の作戦だと、花槻司令は言った。

フォーマルハウトが抵抗したとしても、短期決戦で一気に叩いてしまえば被害は最小限で済む。

結論から言えば、その見通しは甘すぎた。

はじまりは、身の毛のよだつような叫喚だった。無音の世界に響いたその音に、多くの志献官の心が折られたのだと、仁武はあとになって聞いた。

まるで風を引き裂くような轟音。耳よりも、肌で、心臓で直接聞いた。抗《あらが》えない恐怖に仁武はいつかの無力感と恐怖を思い出した。

（今回は、俺が守る）

仁武は志献官たちを振り返った。

生き残った部隊の大半は玖苑が引き連れて撤退した。あの男ならば、退路で万が一形成体が発生してもひとりで十分対処できる実力を持っている。今ここにいるのは、彼らが逃げるための時間稼ぎをしていた一団だ。

「仁武！　こいつをこれ以上結界に近づけるな！」

「分かっている！」

仁武は碧壱に叫び返した。

このまま逃げ続ければ、フォーマルハウトを境界面まで引き連れていくことになる。そうなれば、結界は容易く破られるだろう。この高密度の侵食圧を受けるほど、結界は強くない。結界が壊れれば、現在も結界の内側で待機している志献官を含め、新宿にいる全員がフォーマルハウトに殲滅《せんめつ》される。

(それだけは……)

仁武がきつく刀の柄を握ったそのときだった。

結界の方から暗黒の虚空に向かって照明弾が打ち上げられた。

「撤退……」

状況は玖苑たちが報告しているはずだ。その上でこの信号が送られてきたということは、仁武たちが戻っても対処できる準備ができたということだろう。

「碧壱！　戦線を離脱しろと指示が出た！　これ以上は――」

「先に行け、仁武！　殿《しんがり》は私が務める！　お前は負傷者を連れていけ！」

「しかしっ！」

「仁武！　必ず生きて戻る！　私を信じろ‼」

碧壱の目はただ真っ直ぐにフォーマルハウトだけを見つめていた。攻撃の手を休めず、耳をつんざく爆音が鳴り響く。

「碧壱！」

激しい水蒸気に巻かれながらも、仁武はとっさに碧壱の元へ向かおうとした。

「鐵純壱位！」

背後からの絶叫に振り返る。フォーマルハウトの高濃度の侵食圧を伴った侵食領域《デッドマター》から生まれた形成体が、逃げようとする志献官たちを阻んでいた。

「っ、クソ！」

毒づいて走り出す。重たい身体を軋《きし》ませながら、抗う力もない〝仲間〟の元へ駆けつけ、一《いっ》閃《せん》――。

「道は俺が切り開く！　ついてこい！」

負傷者を肩に担ぐ仁武に、絶望に染まっていた志献官たちの目が輝いた。

仁武は碧壱を振り返る。

「信じるぞ、碧壱」

仁武は刀の柄が悲鳴を上げるほど強く握り締め、結界へと走り出した。


ガクガクと膝が笑っている。もう限界はすぐそこだった。

（仁武は、行ったたか）

虚勢を見破られなくてよかった。碧壱はふぅ、と息を吐き出す。そのたびに、肺が潰されてしまうようだった。

改めて足を踏ん張り、大きく深呼吸をする。フォーマルハウトの濃密な侵食圧の中では、どんなに息を吸っても少しも楽にならない。細胞のひとつひとつが圧迫されて、死んでいくようなーー。

「いいや……死んでたまるか」

仁武と約束をした。

生きて戻ると。

仁武は何もできなかったと自分の弱さを嘆いた。泣くこともできず、ただ血を吐くように告白したその背中は、酷く小さく見えた。そんな男の後悔と絶望の重荷のひとつになるものか。

ゆらりと薄れていく水蒸気の向こうに巨体が揺れる。

不思議と恐怖はなかった。むしろ高揚していた。

たったひとりの力でフォーマルハウトを倒せずとも押し返すことができれば、きっと自分は英雄になるだろう。

家の力など関係ない。源家の碧壱ではなく、志献官の源碧壱として、自分だけの実力を証明できる。

（そうすればきっと、この息苦しさだって……）

碧壱は小さく笑った。

息が苦しい。けれど、今この場所は、この瞬間は、人生で一番自分らしくいられる場所だった。

何て皮肉だろうか。

この残酷で静謐な、未来なき地獄《せかい》は、狂おしいほど美しい――けれど。

碧壱はフォーマルハウトの巨体を真っ直ぐに見据えた。

「これ以上、お前たちにくれてやる未来《もの》は何もない！」

※　※　※

「司令、自分に再突入させてください。源純壱位を救出します」

作戦本部の天幕で、仁武は花槐に詰め寄った。仁武が侵食領域から出てしばらく経つが、碧壱はまだ戻ってこない。

「許可はできない」

「まだ中に源純壱位が残されているんです！」

普段は温和な笑みを浮かべている花槐は、厳しい顔をして首を振った。

「観測部によれば、結界を開けるのはあと一回が限度。それ以上は結界の崩壊を招きかねません。たったひとりの志献官のために、結倭ノ国を危険にさらせと？」

「……っ」

仁武は花槐を睨みつけて背を向けた。これ以上、何を言っても無駄だ。

「鐵純壱位！」

咎《とが》めるような花槐の声を無視して仁武は天幕を出た。

結界を開けるのはあと一回——つまり、仁武が中に入って碧壱を見つけ出したところで、出るために結界を開けられないと言うことだ。

（それでも……！）

ただ指をくわえて待っているなどできない。

仁武は結界の境界面へと向かう。結界の裂け目を作るための鳥居の周りには、混の志献官たちが集まっていた。

「何だ……？」

焦燥に鼓動が速くなる。

「結界、開きます！」

誰かが叫んだ。次の瞬間、結界が揺らぎ、裂け目が生まれる。その向こうに人影を認め、仁武は駆け出した。

「碧壱！」

裂け目の向こうからふらりと倒れ込んだ身体を抱き留める。

「碧壱っ、碧壱！」

満身創痍《まんしんそうい》だ。光の加減で虹色に輝く銀灰色の髪までも、血で濡れている。

それでも、生きて戻ってきた。

「仁武……」

「っ、碧壱！」

汚れた顔で、碧壱は誇らしげに笑った。

「やく、そく……守った、ぞ……」

「っ、ああ……ああ！」

生きていれば――生きてさえいれば、それで十分だ。

十分だった……それなのに。

「……どうして」

仁武は呆然と、重傷の碧壱が横たわっていたはずの寝台を見下ろした。

碧壱が元素に還ったのは、新宿再生戦の数日後。

源 碧壱純壱位——享年十八歳。

暑い、暑い、夏の日のことだった。

※　※　※

新和二十二年、夏——。

「いやぁ、昨日はホント、酷い目に遭ったなぁ。くさやはおいしかったけど、地下なんかで焼くもんじゃないよ、全く。それで今度、砂浜の方で焼こうって玖苑と話してたんだけど、おまえさんも来るかい？」

「……」

明らかに雑談目的で司令室に入ってきた十六夜を仁武はチラリと見た。

昨日、一那のいる地下牢《ろう》で行われた玖苑による暴挙に関しては、本部内の各方面から苦情が来ている。しかし、今日明日中にも収まっている程度の出来事だ。

「……どうした？　なんか難しい顔しちゃって」

「これです……」

仁武はため息をつきつつ、机の上の書類をトンと指で叩いた。書類にしわが寄っているのは、握り潰したものをあとで広げたからだ。

「ああ。司令代理に任命するってやつ？」

「本気でしょうか」

十六夜は書類を取り上げるとまじまじと文面を読んだ。司令の全権を委任するとある書類には、塚早《つかさ》司令の直筆の署名がある。

「本気なんじゃない？　正式な書類で来てんだから」

「司令代理なんてガラじゃありません。俺なんかが……」

「ふうん？　はあ……こんなとき、あいつが生きてりゃなぁ」

「……」

仁武は目を伏せた。碧壱がここにいたらきっと、迷うことなく引き受けただろう。

「……皆、亡くなってしまいました」

「今、誰の顔が思い浮かんだ？」

「……」

仁武の顔をのぞき込むように十六夜が問う。仁武はそっと目をそらした。

碧壱の顔だけじゃない。色々な顔が思い浮かんだ。空木の顔も、陸稀の顔も、笹鬼《ささき》の顔も。

みんな、みんな、死んでしまった。

「誰にせよ、そいつみたいにやればいいいんだよ。だーいじょうぶ。どーーーしてもどうにもならなくなったときは、おじさんも手伝ってやるさ。多分」
た。

本当に手伝う気などなさそうだ、と軽薄な物言いを疑わしく思いつつ、仁武はため息をつい

もう帰らぬ人の事を想ってもどうしようもない。

防衛本部の戦力は、これまでにないほど若い。その若い命を、塚早のような男のせいで無残に散らすことはできない。

（俺に、できるかどうかは分からないが……）

小さく右手が震えた。たくさんの命を失った。何度も膝を折った。これ以上は立ち上がれないと、いつも思った。

それでも――。

『それでも戦うことを選んだ仁武は、誰よりも強いと思う』

仁武は強く拳を握った。こんな弱い自分を、誰よりも強いと言ってくれた親友《とも》のためにも。

「分かりました。司令代理、引き受けます」

それが最良の選択と信じて、突き進むしかないのだ。

（終わり）

麻日 珱《あさひ・よう》
You Asahi

作家・シナリオライター。猫飼い、名前は「サク」。奇跡の名前かぶりに、結合の運命を感じる。志献官たちの過酷な過去を心をデッドマターにして執筆。ここが地獄の最下層。代表作にノベライズ『プリンス・オブ・ストライド』、三糸ユウの名義にてゲーム『かみさましばい』シナリオ。

永川成基《ながかわ・なるき》
Naruki Nagakawa

作家。脚本家。ゲーム、アニメ、小説、マンガ原作など媒体とジャンルを問わず、幅広い分野の作品を手がける。好きな元素はビスマス。虹色の迷宮みたいな結晶がカッコイイから。小説の代表作は『スカーレッドライダーゼクスゼノン』『彼女と彼女の猫』(新海 誠 原作)『プリンス・オブ・ストライド』。

スオウ
Suou

イラストレーター。心を鬼にしていつも限界状態で「結合男子」の作業をしている。シナリオで砕けた心は動物の動画で回復する。

GAME NOVELS

結合男子™

-Fragments from Dusk-

著 者
麻日 珱/永川成基
イラスト
スオウ
協力・監修
株式会社スクウェア・エニックス 『結合男子』開発チーム
デザイン・DTP
井尻幸恵

2023年6月29日 初版発行

発行人 松浦克義

発行所 株式会社スクウェア・エニックス
〒160-8430
東京都新宿区新宿6-27-30 新宿イーストサイドスクエア
印刷所 中央精版印刷株式会社

<お問い合わせ>
スクウェア・エニックス サポートセンター
https://sqex.to/PUB

ISBN978-4-7575-8593-5 C0293